Dalila Partineau
Paris 1995

LE TESTAMENT DE L'ORANGE

DU MÊME AUTEUR
CHEZ POCKET

L'ORANGE MÉCANIQUE

ANTHONY BURGESS

LE TESTAMENT DE L'ORANGE

ÉDITIONS ROBERT LAFFONT

Cet ouvrage a été publié pour la première fois en Grande-Bretagne par Hart-Davis, Mac Gibbon Ldt, sous le titre :

THE CLOCKWORK TESTAMENT

traduit de l'anglais par
Georges Belmont
et
Hortense Chabrier

ISBN : 2-266-06574-2

NOTE DES TRADUCTEURS

On voudra bien nous excuser, nous l'espérons, d'apporter ici, en préambule, quelques précisions qui nous paraissent utiles.

Tout d'abord, il n'est pas inintéressant de savoir que *Le testament de l'orange* fut d'abord conçu en idée par son auteur pour revêtir la forme d'un essai sur (disons par simplification) la mécanisation de l'être humain, ou son conditionnement mécanique, dans l'état présent et probablement futur de notre civilisation et de notre société dites occidentales — mais on sait que tout ce qui porte aujourd'hui dans le monde le nom de civilisation au sens où nous l'entendons est affecté du même mal, quelle que soit la forme de la société. Si Burgess écarta finalement l'essai pour en faire ce roman, ce ne fut pas systématiquement. Ce fut, tout l'indique, spontanément. Peut-être aussi avait-il un compte à régler avec un de ses personnages, car Enderby, le héros de ce *Testament*, était déjà celui de deux autres romans, malheureusement non encore traduits (mais qui le seront). Celui-ci ferme le triptyque. Ainsi s'explique que l'édition anglaise porte en sous-titre : *ou La fin d'Enderby*. Pour presque tous les lecteurs français cela n'eût rien voulu dire, aussi l'a-t-on supprimé ici. Mais l'honnêteté voulait qu'on le signalât.

Ensuite, un élément important du roman est la référence faite assez fréquemment à travers les pages au poème *Le naufrage du Deutschland*, du grand poète anglais catholique (et jésuite) Gerard Manley Hopkins, assez peu traduit et connu en France, il faut bien le dire, et qui vécut de 1844 à 1889. Ces citations sont le plus souvent étroitement tissées dans le texte. Nous aurions pu les signaler grossièrement à l'attention en les mettant, par exemple, en italiques. Nous avons préféré les laisser telles quelles (traduites en français, s'entend). Leurs cadences et leur « tonalité » particulières nous ont paru suffire à les distinguer. En fait, nous pensons qu'elles devraient apparaître assez aisément comme des sortes de « collages » — ce qui était l'intention de Burgess, que nous avons tenu à respecter, par honnêteté aussi. Et si jamais elles viennent à passer inaperçues, eh bien ! après tout, tant pis ; cela signifiera que le « collage » était parfaitement réussi.

Il y avait d'autres difficultés. Nous avons essayé de les résoudre de notre mieux. Elles participaient essentiellement de ces jeux du langage que l'on trouve, ou plutôt que l'on perd, dans trop de traductions, enterrés sous l'épitaphe familière : *Jeu de mots intraduisible en français (N.d.T.)*. Nous avons refusé cette facilité, quittes, parfois, à « adapter » un peu, avec la bénédiction de l'auteur.

Il nous reste à souhaiter celle des lecteurs.

à Burt Lancaster
(« ... mérite de vivre, mérite de vivre. »)

UN

La première chose qui frappa le regard d'Enderby à son réveil fut la moitié inférieure de son râtelier posée à même le sol, la gouttière tout entartrée d'une substance desséchée, Denticharm, Dentiglu, Orifix ou Gripdent, à moins que ce ne fût Mordicus (communément appelé Molzilcul à Tanger où notre homme conservait plus ou moins, d'une façon, une sorte d'adresse permanente, si tant est qu'il reste de nos jours un domaine justifiant la notion de permanence) — et soit dit en passant : les membres de l'honorable assistance qui ont encore toutes leurs dents n'ont pas idée de l'éventail incroyable de produits adhésifs pour dentiers que propose le marché. Quoi qu'il en soit, le dormeur réveillé sentit sa langue s'incurver aussitôt, cruellement vivante, et, sans même s'accorder l'honnête préambule d'un loisir matinal, se hâter d'explorer la gencive du bas, y découvrir que l'inflammation de la veille avait diminué, puis reprendre la position de neutralité de l'e muet, dans l'attente de directives ultérieures. Amen. Incrustations dûment délogées, le dentier, rincé, tartiné d'une recharge de Maxifix modèle familial NOUVEAU ! à la citrochlorophylle, put se caser d'un coup sans trop de douleur. Tant mieux puisqu'on devait affronter ce jour-là des étudiants et leur jargon.

Il était allongé, nu à cause du chauffage central, sur le ventre. Si l'on prêtait figure d'horloge au lit de forme circulaire, Enderby indiquait deux heures moins vingt ou, à l'américaine, une heure quarante. A supposer, c'est-à-dire, que le haut du corps représentât la petite aiguille, le point de contact du lit avec le mur correspondant concurremment à midi. Le Grand Lit Génial de la légende anglaise était rond lui aussi, mais géant ; son rayon était de la taille d'un dormeur, soit un mètre quatre-vingts et des, disons. A combien de pieds lestes (entendre : folâtres) cela permettait-il de se toucher au centre ? Calculer l'aire : 2 pi *r ?* pi *r* 2 ? Pas énorme, à vue de nez. Mais tous les formidables accessoires des légendes européennes sont toujours plus petits qu'on ne nous a appris à les imaginer. La science américaine s'est chargée de ramener ça à de justes proportions. N'importe qui était en mesure de dévorer un mouton médiéval entier : en ce temps-là les moutons n'étaient pas plus gros que des lapins d'aujourd'hui. Les armures (harnois) d'alors logeraient une jeune Américaine de douze ans. Les menus des orgies et ripailles de l'époque étaient pauvres en vitamines. A l'origine l'enfer n'était qu'une décharge à ordures aux portes de Jérusalem.

Nu-vautré il l'était aussi sur une éjaculation nocturne qui achevait de sécher — extra, pour un type de ton âge, Enderby. Quel était donc le rêve qui s'était soldé par cette humidité? Il roulait dans une voiture hermétiquement close, engoncé jusqu'aux oreilles, lunettes noires, large chapeau de feutre noir funèbre; au volant une espèce de brute rigolarde, très pustuleuse. Roulait dans une ruelle sordide où des fillettes d'une douzaine d'années, portoricaines pour la plupart, jouaient à la balle. Mais avec deux balles (deux comme papa) naturellement. Elles riaient, insultantes, provocantes, montrant leur cul nu, tandis que dans son deuil impuissant il restait cloué à la banquette arrière, regardant le chauffeur rigolard descendre de son siège et se dépêcher de servir les petites, toutes les petites, dont le nombre n'était jamais le même, évidemment. *Finnegans Wake*, mesdames et messieurs, est une œuvre qui triche avec l'arithmétique des vrais rêves : le nombre y observe une immuable rigueur alors que, comme chacun sait, il est toute fluidité changeante dans l'expérience onirique habituelle. Prenons une assiette où sont posés sept de ces biscuits que vous autres Américains appelez, hum, galettes. J'en mange deux, disons; reste trois. Ou peut-être s'agit-il, pourquoi pas? de ce que *vous* appelez biscuits, et nous Anglais *muffins*, si je ne m'abuse. Mais cela ne change rien au principe. Pas d'accord, conteste un étudiant à tête de Christ ricaneur. Monsieur le professeur, demande un autre — un quoi? un Polaque dirait-on, un Nordique en tout cas, sans un cil aux paupières — voudriez-vous préciser s'il vous plaît où finit où commence exactement pour vous le seuil de la crédulité.

La brute de chauffeur enfilait les petites debout, à grands coups de reins rapides, comme un chien. Puis Enderby recevait quitus (décharge) et le décor entier, comme dans la nouvelle de cet auteur argentin qu'un interlocuteur enthousiaste et puant du bec l'avait pressé de lire un jour au foyer de la Fac, s'effondrait.

Le lit d'où nu-vautré (une heure quarante) il louchait vers sa montre posée aussi sur le sol (sept heures cinquante d'un matin de février new-yorkais) était circulaire pour des raisons d'ordre philosophique propres à la locataire en titre de l'appartement, actuellement en congé d'un an pour convenances et recherches personnelles au British Museum en vue d'une thèse sur Thelma Garstang (1798-1842, mauvaise poétesse morte sous les coups d'un mari ivrogne, du moins le supposait-on). Parmi ces raisons : le lit quadrangulaire traditionnel comme représentation du despotisme mâle ou quelque chose d'approchant. L'occupante légitime, outre sa qualité d'universitaire, était romancière, auteur d'œuvres assez peu populaires dont les personnages masculins finissaient tous eunuques. Après quoi (ou par suite, du moins à ce que croyait comprendre Enderby qui ne connaissait ces livres que par ouï-dire sans en avoir jamais lu un seul) ces héros devenaient les plus prévenants des amants, ardents adeptes du cunnilingus avec leurs castratrices, et néanmoins brocardés pour leur impuissance. Soit, mais lui, Enderby, simple oiseau de passage, ne ferait rien dans sa non-impuissance pour effacer cette tache de sperme sur le matelas circulaire de la dame — matelas circulaire ! Non mais quelle idée ! Grotesque ! Dû coûter une fortune !

Enderby avait dormi en gardant, selon son

habitude du moment, son dentier du haut. En un sens c'était sa riposte à l'aura émasculante de l'appartement. Il estimait aussi que c'était façon de s'armer pour être prêt fin prêt à affronter à toute heure la sonnerie du téléphone, les bouillies de langage édenté suscitant à l'autre bout du fil des « Pardon ? » si le correspondant était poli, ou alors provoquant la dérision si la communication était insultante ou obscène ou les deux à la fois. Presque tous les Appels Sérieux provenaient de la Côte comme on dit (la côte ouest), à destination de la locataire en titre, qui avait des liens avec une secte religiolesbienne de là-bas et avait omis d'expédier un carton pour annoncer à qui de droit qu'elle s'absentait, en vacances pour un an. Quant aux insultes et aux obscénités elles étaient réservées en général à Enderby. Il avait écrit pour un magazine un article des plus malavisés où il déclarait ne pas penser grand-chose des écrivains de race noire parce qu'ils avaient tendance à être tendancieux, et quant aux Américains ils n'avaient fait preuve de talent que dans le boursicotage, la vente au rabais et l'artisanat folklorique du plus bas étage. L'un de ses correspondants, qui une fois l'avait traité de suceur de pines édenté (ce qui contenait une part de vérité, l'épithète en tout cas étant conforme à la réalité de l'instant), menaçait régulièrement de rappliquer tomahawk au poing à l'angle de la 91e rue et de Columbus Avenue, site de l'immeuble où logeait Enderby. Il y avait également les coups de téléphone anonymes, et à des heures voulues incommodes, d'étudiants le traînant dans la boue de ses nombreux péchés : chauvinisme ou équivalent, volonté d'ignorer systématiquement les seules figures du monde des lettres comptant aux yeux de la jeunesse, incapacité de reconnaître les mérites des vers libres pondus par eux, comme de leur vocabulaire ramassé dans le ruisseau. Bien sûr, on le traînait aussi dans la boue pendant ses cours, mais moins librement qu'au téléphone. Oté le truchement d'un monde de communication mécanique, qui, de nos jours, ne se sent nu ?

Sept heures cinquante-deux. Le téléphone sonna. Enderby résolut de lui faire l'honneur d'une dentition sans faille et se planta donc dans le four son râtelier du bas, plaque dentaire et tout. A Dieu vat ! Gencive toujours douloureuse, vaguement. Rien d'étonnant avec leurs saletés de trucs qui deviennent comme du ciment, Gripdent ou autre, se valent tous — il en avait une collection.

— C'est le professeur Enderby ?

— Lui-même.

— Vous ne me connaissez pas, mais ça n'empêche pas votre film d'être une ordure, c'est mon opinion et celle de mon mari et je tenais à ce que vous le sachiez, voilà tout.

— Ce n'est pas *mon* film. J'ai seulement écrit le...

— Mon mari dit que vous portez une lourde responsabilité. Vous ne pensez pas qu'il y a déjà bien assez de jeunes criminels qui courent les rues sans que votre saloperie de film vienne encore les encourager ?

— D'abord ce n'est pas une saloperie, ensuite je le répète...

— Et moi je maintiens que c'est une saloperie, de la porno pure. Et j'aime autant vous prévenir : mon mari fait un mètre quatre-vingt-douze, et il a les épaules en proportion.

— Il est Peau-Rouge ?

— C'est ça, l'insulte et le coup bas c'est tout ce qu'on peut attendre des individus de votre espèce. Un homme qui est capable de...

— Si vous songez à envoyer votre époux rôder dans ces parages, avec ou sans tomahawk...

Mais elle avait raccroché. Il eût seulement aimé la prévenir, de son côté, que le hall d'entrée de l'immeuble bénéficiait d'une protection armée vingt-quatre heures sur vingt-quatre, sans compter les multiples écrans du circuit de télévision interne. Autant de précautions qui, d'ailleurs, ne lui seraient d'aucun secours si l'ennemi se trouvait intra-muros. Et des ennemis dans la place il en avait, il ne l'ignorait pas — un Noir brèche-dent et homme de lettres et son épouse, une femme seule avec chiens, qui avait protesté contre ses allusions, toujours dans le même article de magazine, à la prolifération des cafards dans ce quartier de Manhattan (comme s'il se fût agi d'un secret de famille honteux), et un couple de joueurs de guitare électronique tant soit peu trop gras qui avait flairé dans l'air son dégoût, un jour où il s'était trouvé avec eux dans l'ascenseur. Et pourquoi pas d'autres, offensés par le film dont il venait d'être question il y avait un instant ?

Flashback. Au restaurant-bar tenu par Enderby, poète exilé, en rade à Tanger, des gens de cinéma étaient, un jour, entrés. Ils tournaient en décors naturels, dans la casbah ou quelque chose comme ça. L'un d'eux, qui avait l'air d'un ponte dans sa spécialité (ce dont les faits avaient administré la preuve) — un metteur en scène américain réputé l'égal de n'importe lequel de ses confrères européens pour le brillant de son propos visuel — avait exprimé entre autres le désir de faire un film sur un naufrage, à cause du potentiel visuel, justement, du sujet. Enderby, derrière son comptoir — poste qui lui donnait loisir de se mêler à la conversation sans risquer d'être taxé d'insolence, compte tenu de l'accent anglais en sus — Enderby mentionna *Le naufrage du "Deutschland"*.

— Encore un truc genre Fritz Kaput, y a que ça en ce moment. *Les derniers jours d'Hitler* sont même pas finis de tourner que Joe Krankenhaus est déjà en train de s'exciter sur Goebbels. Sans parler du nouveau Visconti.

— Le *Deutschland* c'était un bateau, dit Enderby. Et c'est de Hopkins.

— Al Hopkins ?

— Non, dit Enderby. G.M.

Il ajouta :

— S.J.

— Connais pas. Qu'est-ce qu'il a à foutre de ce paquet d'initiales ?

— S'agit de cinq franciscaines, reprit Enderby. Chassées d'Allemagne à la suite des lois Falk — le Kulturkampf vous savez ?... « Ce samedi quittèrent Brême pour faire route américaine, l'un dans l'autre émigrants et marins, hommes et femmes tout comptés, deux cents âmes en somme »...

— Ma parole, il le sait tout par cœur ! C'était quand ?

— 1875. Sept décembre 1875.

— Des bonnes sœurs, rêva tout haut le grand metteur en scène.

— Et c'était quoi votre Kulturtruc, vos lois ?

— « Rhin les reniait, Tamise serait leur perte », cita Enderby. « Brisants et neige, et fleuve et terre », poursuivit-il, « En un grand grincement »...

— Je vois l'idée, intervint l'assistant et ami du metteur en scène. Régime totalitaire. Règne de l'intolérance. Dans les rues des types brutalisent des religieuses. Leur arrachent leur habit. Formidable en flash-back. Et la tempête... comme si on y était, *plus* le symbole. Comment ça finit ? demanda-t-il, s'enflammant au sujet et se tournant vers Enderby.

— Sur les Goodwin Sands, par le naufrage général. Au Kentish Knock pour être plus exact, c'est le nom de l'endroit. Et sur cette ultime prière : « Que se lève en nous sa pâque, source d'aube pour nos ténèbres, rougeoyant signal à l'est »...

— Dans les films, expliqua le metteur en scène avec bonté, comme à un enfant, moins on parle mieux ça vaut. D'accord ? Il s'agit avant tout d'un moyen d'expression visuel, comme on dit. Bon, remettez-nous deux scotchs, doubles, et sans glace.

— Je ne suis pas né d'hier, dit Enderby, s'échauffant quelque peu et les servant de whisky sans regarder. J'avais écrit un truc, *L'amour monstre*, et on en a fait un film ; il n'en est rien resté qu'un tas de banalités visuelles. Ça se passait à Rome. A Cinecittà. Le fumier. Il est mort maintenant.

— Mort ? Qui ça ?

— Rawcliffe, dit Enderby. Ce bistro lui appartenait.

Les deux hommes le regardaient fixement. Il reprit :

— Je parlais de ce film... Vous savez ? Film : *movie*, pour employer ce mot ridicule qu'on affectionne dans votre pays. En italien ça s'appelait *L'animal Binato*. En français *Le fils de la bête de l'espace*, autrement dit *Son of the Beast of Outer Space* — en anglais évidemment, expliqua-t-il.

— Mais, dit le metteur en scène, c'était un petit chef-d'œuvre, ce truc. Alberto Formica, je me rappelle. Mort depuis, le pauvre bougre, quand on pense à l'avance qu'il avait sur son temps. C'était voulu, tout ce côté banal. Façon de résumer toute une époque. Ça alors...

Il dévisageait Enderby avec un intérêt tout neuf.

— Comment vous appelez-vous, déjà ? Rawcliffe, c'est ça ? Depuis le temps que je le croyais mort, celui-là.

— Enderby, dit Enderby. Oui, Enderby. Le poète.

— Vous dites que le scénario était de vous ? demanda l'assistant et ami.

— C'est moi l'auteur de *L'amour monstre*, oui.

— Eh bien mais, dit le metteur en scène, en extrayant un bristol d'un tas d'instruments de crédit internationaux gravés dans le métal. Mais pourquoi vous nous écririez pas une lettre... non, votre truc, je veux dire, votre histoire de naufrage, de a à z ?

Enderby sourit finement — on a beau être

poète, on vous voit venir, messieurs, avec vos gros souliers.

— C'est ça, et vous avez votre scénario pour rien, dit-il. On me l'a déjà fait, le coup de la lettre.

Il lut sur le bristol *Melvin Schaumwein, Productions Larnac*.

— Si je vous écris un scénario je veux être payé.

— Combien ? demanda M. Schaumwein.

— Très cher, répondit Enderby en souriant. Les cellules de son cerveau vouées à la finance étaient prises soudain de délire, comme brusquement gorgées de gin après toute une vie d'abstinence. Il n'eût pas tremblé plus à la perspective d'un viol. Il dit :

— Mille dollars.

Ils le regardèrent, sans un mot. Il déclara :

— Eh oui.

Puis :

— Autour de ça en tout cas. Je ne suis pas un homme très gourmand, comme on dit.

— On devrait pouvoir aller jusqu'à cinq cents, dit l'assistant-ami de Schaumwein. A remise du scénario, cela va de soi. A condition que le texte offre, dirons-nous, les garanties de satisfaction requises.

— Sept cent cinquante, dit Enderby. Je vous répète que je ne suis pas ce qu'on appelle un homme très gourmand.

— L'idée est pas de vous, dit M. Schaumwein. Tout à l'heure vous avez parlé d'un auteur du livre, un gars du nom de Hopkins. Qui c'est, où on le trouve, qui on voit pour les droits ?

— Hopkins ? dit Enderby. Il est mort en 1889.

Ses poèmes ont paru en 1918. *Le naufrage du "Deutschland"* est dans le domaine public.

— Je crois, dit M. Schaumwein réflexion faite, que vous pouvez nous remettre deux scotchs, sans glace.

Mais la surprise qui attendait Enderby, une fois M. Schaumwein retourné à la casbah puis selon toute hypothèse chez lui et aux Productions Larnac, fut de devoir bien admettre que, apparemment, on prenait le projet au sérieux. Car il reçut une lettre de l'assistant-ami, dont le nom (vaguement familier à Enderby comme étant plus ou moins lié à il ne savait quel film) se révéla être Martin Droeshout, et cette lettre confirmait que, pour sept cent cinquante dollars, Enderby aurait à livrer la continuité d'un film, titre provisoire *Le naufrage du Deutschland*, adapté d'un récit de Hopkins, récit dont, malgré des recherches exhaustives, les documentalistes de la firme n'avaient pu découvrir nulle part la moindre trace — Enderby était-il sûr d'avoir bien saisi le nom, bien que cela n'eût guère d'importance, le sujet étant dans le domaine public.

Continuité, pensa Enderby, était probablement synonyme de *découpage*. Il était passé tout un tas de gens de cinéma par son bar, à un moment ou à un autre, et le second terme était connu de lui. Même, il avait eu l'occasion de jeter un coup d'œil sur le découpage d'un film dont une séquence érotique, n'épargnant rien mais peu concluante, avait, en fait, été tournée en pleine nuit, avec le secours de projecteurs et d'un groupe électrogène vrombissant, sur la plage et tout près de son restaurant-bar *La Belle Mer*.

Tant et si bien que, à l'heure de la sieste, pendant que les jeunes indigènes de son personnel ronflaient ou se livraient entre eux à leurs acrobaties sexuelles, il finit par se mettre devant sa machine à écrire et par y pianoter sa version cinématique d'un poème grandiose, s'amusant follement de l'impérieuse concision de directives visuelles telles que *PP, PG* et autres, tout en n'en comprenant pas toujours clairement le sens.

1. EXTÉRIEUR NUIT.
La foudre cingle de son fouet le paratonnerre d'une église.

VOIX DE PRÊTRE :

Oui. Oui. Oui.

2. INTÉRIEUR NUIT — ÉGLISE.
Roulement de tonnerre. Un prêtre agenouillé devant l'autel relève la tête. Visage baigné de sueur. C'est celui du Père Hopkins, S.J.

LE PÈRE HOPKINS, S.J. :

Entends-moi confesser plus vrai que langue
L'effroi de toi, ô Christ, ô mon Dieu.

3. EXTÉRIEUR NUIT — CIEL ÉTOILÉ.
La caméra panoramique lentement sur l'exquis-diffus clair d'étoiles.

4. EXTÉRIEUR NUIT — LE PARC D'UN SÉMINAIRE.
Le Père Hopkins, S.J. Il renverse la tête et contemple extasié le petit peuple scintillant

sur ses perchoirs célestes, puis lui envoie des baisers en soufflant sur sa main.

5. EXTÉRIEUR — SOLEIL COUCHANT — OCCIDENT PRUNE MURE ET POMMELÉ. Le Père Hopkins, S.J. Il envoie sur sa main un baiser au couchant.

6. EXTÉRIEUR JOUR — UN RÉFECTOIRE. Pour commencer, PP d'un ragoût de mouton que pose sur une table un souillon débraillé. Puis le chariot recule vivement pour découvrir plusieurs prêtres conversant de façon animée.

UN PRÊTRE :

Ces Lois Falk en Allemagne sont une abomination et un monstrueux péché contre Dieu.

UN AUTRE :

On me dit qu'un groupe de franciscaines doit s'embarquer pour l'Amérique samedi prochain.

De l'autre bout de la table parvient la voix du Père Hopkins, S.J.

VOIX DU PÈRE HOPKINS (HC) :

Gloire à Dieu s'il est des choses pommelées
Et des ciels aux couleurs couplées telle vache bringée...

Les prêtres se regardent entre eux.

7. MÊME QUE 6 — PLAN AMÉRICAIN.
Le Père Hopkins parle passionnément à un autre prêtre, fort beau et très attentif.

HOPKINS :

Car, même sous-jacent au monde et à l'éclat de ses miracles, il faut que surligné soit son mystère, et souligné...

LE PRÊTRE :

Tout à fait, tout à fait.

La caméra panoramique vivement pour revenir sur les deux autres prêtres qui échangent un regard.

L'UN D'EUX :
(sotto voce)

Bon Dieu.

A mesure qu'il avançait dans son adaptation cinématographique de la première partie du poème, une légère inquiétude s'emparait d'Enderby, à la pensée que Hopkins pût paraître un peu timbré. Vouloir à tout prix établir une corrélation entre cette première partie et la seconde posait aussi un problème. Un matin où il servait distraitement une eau-de-vie de prunelle à deux clients, il lui vint une idée.
— Holocauste, dit-il soudain.

Les deux clients emportèrent leur eau-de-vie au fond de la salle. L'idée était que Hopkins brûlait d'être le Christ, mais qu'une des franciscaines, celle qui dominait les autres par la taille, Gertrude, le devenait charitablement à sa place, et que sa crucifixion marine sur le Kentish Knock (pourquoi cette image, songea-t-il sombrement, évoquait-elle à son esprit le fruit d'il ne savait quelle aberration sexuelle champêtre ?) pouvait vraisemblablement passer pour une façon de faire en sorte que, ô, revienne notre Roi régir âmes anglaises.

12. EXTÉRIEUR JOUR — UNE PRUNELLE EN PP.
Une main, blancheur soigneusement nourrie et tout ecclésiastique. Dans cette main une prunelle, succulence gavée sous calotte pelucheuse.

13. PP — LE PÈRE HOPKINS, S.J.
Énorme gros plan de Hopkins, qui happe la prunelle jusqu'à pulpe éclatée, et frémit.

14. EXTÉRIEUR JOUR — GOLGOTHA.
On achève de clouer le Christ sur la croix parmi les lazzis de soldats romains.

15. RETOUR À 13.
Hopkins, encore tout frémissant, considère le fruit éclaté sous la morsure, et sur lequel la caméra se rabat en PP. Puis fondu enchaîné sur :

16. INTÉRIEUR JOUR — ÉGLISE.
Mains de prêtre élevant une hostie qui offre une vague ressemblance avec la prunelle.

Bien entendu, c'est le Père Hopkins, S.J., disant la messe.

17. MÊME CHOSE — PP.
Le Père Hopkins en PP. Sa voix est un murmure extasié.

HOPKINS :
(en extase)

Sois adoré parmi les hommes, ô Dieu trinombre. Tords-lui le col, à ta rebelle entêtée dans son antre, malice humaine, naufrage-la dans la tempête.

18. EXTÉRIEUR JOUR — TEMPÊTE EN MER.
Le Deutschland, *faisant route américaine. Tambours de la Mort et bugles des tempêtes claironnant sa gloire.*

La seconde partie était plus facile. Cela se limitait essentiellement à recopier, en ce qu'elles avaient de prophétique, pour ainsi dire, les indications techniques de Hopkins lui-même :

45. EXTÉRIEUR JOUR — LA MER.
Neige, inexorable rais d'incandescence blanche, vertige autour du moyeu fou du vent, vissant sa spirale aux profondeurs, faiseuses de veuves et défaiseuses de pères et d'enfants, du gouffre.

Et ainsi de suite. Une fois achevé cela donnait,

estima Enderby, un très charmant petit scénario. Cela pouvait passer également pour un hommage de poète à poète. En sortant de voir le film les gens se jetteraient sur le poème. Ils y découvriraient un art supérieur à celui de l'œuvre cinématographique. Il expédia le manuscrit à M. Schaumwein, Productions Larnac. Il finit par recevoir un mot de Martin Droeshout, déclarant qu'il y avait là-dedans des tas de rhétorique, trop, mais que c'était probablement dû au fait qu'Enderby était un poète — qualité dont il s'était réclamé lui-même, à juste titre d'ailleurs, à en croire les documentalistes. Mais enfin le travail avançait, l'idée étant de postdater le truc de façon à nazifier l'Allemagne, et de faire de Sœur Gertrude un ancien béguin du Père Hopkins, tous deux se rendant finalement compte que leur véritable amour allait à Dieu et, cela dit, bon, gardant le contact... Le tout appelait naturellement pas mal de rewriting, Enderby devait le comprendre, mais on mettrait tout de même son nom au générique.

Le fait est que le moment venu le nom d'Enderby figura au générique : *D'après une idée originale de.* On l'invita aussi à Londres pour une projection privée du *Naufrage du "Deutschland"* (à eux tous, les autres n'avaient pu trouver de meilleur titre : il n'y en avait pas). Il fut assez scandalisé par des tas d'aspects du film, notamment les flashbacks — on ne voyait que ça ou presque, la seule réalité au présent de l'indicatif étant la course à l'abîme du *Deutschland* venant se fracasser sur le Kentish Knock (Kentish Cloque, dit quelqu'un dans le noir, qui ajouta, pour le ravissement de l'assistance, qu'il fallait être drôlement vicieux pour s'envoyer par le fond sur un truc avec un nom pareil). Entre autres détails, Hopkins, très arbitrairement rebaptisé Tom, le Père Tom pour finir, était irlandais, et Gertrude la nonne, celle qui dominait toutes les autres par la taille, était incarnée par une Suédoise — mais à cela, au fond, rien à redire. Ils se conjuguaient en une formidable confrontation sexuelle, pas piquée des roses, mais avant que l'un et l'autre eussent prononcé leurs vœux — donc, là non plus, rien à redire, sans doute, se disait Enderby. Il y avait aussi des scènes hyperexplicites de viol de religieuses par des adolescents en chemise brune. Et Gertrude elle-même, la grande bringue de nonne, déchirait de ses mains sa robe de franciscaine pour en faire des pansements pendant les séquences de tempête, si bien que son agonie à la pointe du Kentish Knock, dans une posture crucifiée, était presque aussi dénudée que celle de son Seigneur. Enfin il y avait un instant d'ambiguïté lorsque, les bugles de la tempête claironnant en toile de fond sonore (mais tant soit peu *placato*) la gloire de la Mort, Gertrude s'écriait orgasmaticalement : « O Christ, Christ, viens, vite ! » — mais c'était le texte de Hopkins, de sorte que l'on eût eu mauvaise grâce à se plaindre. En somme, pas mal pour un film, et avec, même, un petit solo de deux secondes pour Hopkins au générique : *Adapté d'un récit de*. Comme on pouvait s'y attendre, la censure frappa l'œuvre de ses rigueurs restrictives · interdit aux moins de dix-huit ans. « C'est à se demander où va le monde, dit M. Schaumwein dans une interview télévisée, quand on pense qu'un film religieux n'est plus regardé comme digne du cinéma des familles ! »

Enfin bref, pas de problème, sauf des plaintes venant des réactionnaires et des puritains, mais non, autant que pouvait l'affirmer Enderby, des frères en Jésus-Christ de Hopkins : les jésuites. La revue *The Month*, qui, à l'origine, avait refusé de publier le poème, se racheta en trouvant le film « adulte et sérieux ». « Avec infiniment de bon sens, M. Schaumwein a esquivé la tentation de rendre les confusions grammaticales et les néologismes tortueux de Hopkins par des métaphores visuelles d'une obscurité comparable. » Cette association d'Enderby, si peu intime fût-elle, avec un formidable moyen d'expression démotique l'amena à être considéré par l'université de Manhattan comme digne d'être invité dans ses murs, au titre de conférencier, pour la durée d'une année académique. L'homme qui avait lancé l'invitation, M. Alvin Kosciusko, président du conseil d'administration de la Faculté des Lettres anglaises, spécifiait dans sa missive que les poèmes d'Enderby n'étaient pas inconnus là-bas, aux États-Unis. Quoi que l'on pût en penser, ils ressortissaient sans nul doute possible à la Création littéraire authentique. En conséquence, Enderby était cordialement invité à venir infuser un peu de son art de Créateur littéraire dans l'esprit des étudiants férus de cette discipline. Son penchant pour des formes traditionnelles aujourd'hui démodées aurait une chance d'apporter un correctif utile au culte d'une liberté formelle qui, s'il continuait à fleurir à juste raison, n'en avait pas moins entraîné certains excès. Un étudiant suivant des cours de perfectionnement postscolaire avait reçu un prix pour un poème qui, vérification faite, n'était en réalité qu'un passage d'une allocution vice-présidentielle recopié à l'envers et assaisonné des obscénités d'usage. L'étudiant en question avait protesté que cette Création littéraire-là valait bien les merdes primées les années précédentes ; d'ailleurs, toutes ces histoires de distributions de prix étaient dépassées, rétrogrades. Des subsides, voilà ce qu'il fallait.

DEUX

Nu comme au jour de sa naissance, mais beaucoup plus velu, Enderby se prépara un petit déjeuner. L'un des signes distinctifs de New York qui avait droit à son approbation (la ville était à part cela sale, grossière, violente, pleine d'étrangers et de fous), c'était l'extrême variété des aliments dyspeptiques en vente dans les supermarchés. Ne pas être atteint de dyspepsie pendant ou après un repas, estimait-il, signifiait que l'on avait été frustré de nourriture essentielle. Quant aux moyens de traiter la dyspepsie, jamais il n'avait vu tant de palliatifs à portée — *Adplus, Dissolvent, Pepsipan* ou (magnifiquement proleptico-onomatopoétique et trouvaille de quelque génie grassement payé de Madison Avenue, d'ailleurs sincèrement admiré d'Enderby) *Eurrrp*. Et cætera. Mais le meilleur de tous, il l'avait découvert dans une petite boutique spécialisée dans les médicaments orientaux (où l'avait envoyé un garçon de restaurant chinois). C'était une viscosité d'une puissante noirceur et qui, pareille à un sinistre écoulement, sourdait d'un tube pour aller chercher et ramener au jour, des profondeurs tartaréennes, les vents. Quand Enderby en faisait emplette, le boutiquier, en bon Chinois terre à terre, désignait toujours le produit en mimant phonétiquement, et remarquablement, la substance à l'œuvre. C'était supérieur à *Eurrrp*, mais d'une représentation peu aisée selon les alphabets conventionnels en vigueur. Enderby inclinait aimablement la tête, payait, prenait, souhaitait le bonjour, s'en allait.

Il était devenu, du moins pour ce qui était de l'utilisation des ressources purement culinaires de la cuisine (terrain de jeux des blattes, la nuit), cent pour cent mécanaméricanisé. Il savait se baratter un lait de poule consistant dans le mixer, mettre à dégeler puis à calciner dans le grille-pain des gaufres surgelées, faire des crêpes tigrées et spongieuses avec la farine de blé noir mélange spécial de Tante Jemima (elle figurait en personne sur le paquet, Tante Jemima, avenante négresse épanouie de bonheur dans sa servitude enfoulardée), ou se faire frire de grasses petites saucisses de la Ferme de la Poivrade.

Pour l'heure il allait éclabousser de graisse sa nudité, mais les taches de gras partent plus facilement de la peau que des vêtements. Et il allait se faire du thé, et tant pis si ce n'était pas cent pour cent à l'américaine. Cinq sachets dans une grosse tasse cylindrique d'un demi-litre, avec ALABAMA écrit dessus en lettres d'or; puis verser l'eau bouillante, laisser infuser longtemps et ajouter du lait condensé très sucré. Il mangerait son petit déjeuner avec, sur l'assiette, d'une part, de la sauce forte de barbecue, de l'autre, du sirop d'érable. A l'encontre des timidités de la latinité, l'Amérique — signe de santé et de salut — donne dans l'usage synchrone du doux et de l'épicé. Pour conclure le repas, une solide tranche de gâteau à la crème à l'orange Sarah Lee, une autre pinte de thé, puis, après un coup de noir breuvage chinois, au travail, allégrement. Mais un petit déjeuner qui calât son homme, comme on disait ici. Jamais besoin de manger beaucoup à midi — un peu de steak haché en boîte avec un ou deux œufs frits, disons, et une grande tasse de thé. Une tranche de gâteau à la banane. Et ensuite, ou on est en Amérique ou on n'y est pas, une tasse de café.

Les aigreurs d'estomac étaient en retard sur l'horaire, ce matin-là, et Enderby, très à cheval sur la routine, en ressentit un malaise. Il nota aussi, non sans triste fierté, que, en dépit de son émission nocturne, il arborait devant lui, en quittant la cuisine où il avait pris son repas autant que fait cuire les aliments, un ithyphallus d'honnête taille oscillant nonchalamment de l'horizontale à la verticale, avec une nette préférence pour celle-ci. Le tout, non sans rapport, peut-être, avec une absorption trop forte de protéines. Dans la salle de bains, il saisit une serviette de toilette sale, y fourra l'objet, alla chercher dans les sous-sols de son rêve les petites Portoricaines et mit le paquet. Les garces ! La rue en était pleine, on marchait dessus. Stupéfait, terrifié, le lascar boutonneux décampa au coin de la rue. Ce qui signifiait qu'Enderby devait prendre lui-même le volant de la voiture. Il la bazarda sur-le-champ pour presque rien à un Noir à cheveux gris qui sortait d'un porche en traînant les pieds, journal du soir à la main, puis il fila à son tour, nu et à pied. Sur quoi, la dyspepsie frappa, il prit sa dose de noirceur en gouttes, lâcha une brise à l'arôme puissant, issue des fins fonds mêmes du cæcum, et fut prêt à s'atteler à l'œuvre — son œuvre personnelle, non le pseudo-travail auquel il lui faudrait s'astreindre dans l'après-midi avec de pseudo-étudiants, et en vue duquel il devrait se raser, se vêtir, se laver (probablement dans cet ordre) et prendre le chemin de fer métropolitain, comme on appelle ça, puis de louches et vaillantes petites rues, regorgeant de violence noire ou brune en suspens.

Toujours nu, Enderby s'installa derrière la table à écrire de sa propriétaire. L'appartement était petit ; pas de bureau. Encore devait-il s'estimer heureux, sans doute, de s'être dégotté (oui, c'était le mot juste en l'occurrence) un appartement, et meublé, et au prix que, son salaire n'ayant rien d'excessif, il pouvait mettre à un loyer. Sa propriétaire — androphobe enragée, idéologiquement — lui avait confirmé, dans l'unique lettre qu'elle lui avait adressée de sa crèche de Bayswater, d'avoir à payer la femme de ménage noire, Priscilla, pour qu'elle vînt faire un peu de nettoyage tous les samedis et maintînt ainsi une continuité de service fort utile en attendant que ladite propriétaire revînt à New York. Enderby se demandait à quel sexe elle croyait qu'il appartenait, car la lettre recommandait de ne pas compter sur la chasse d'eau des cabinets pour faire franchir le siphon aux tampons hygiéniques. Quant à la qualité de *professeur* dont elle le gratifiait à juste titre, elle était, selon la vieille terminologie grammaticale, commune aux deux genres. Peut-être avait-elle lu ses poèmes en y découvrant une riche féminité ; peut-être quelqu'un de la Fac des Lettres anglaises lui avait-il, par bonté, décrit Enderby sous les traits d'une vieille fille d'âge certain mais d'esprit progressiste, à l'époque où elle cherchait à sous-louer son appartement. De toute façon, il s'était empressé de répondre lui-même, sur sa petite portative, en signant d'une main délicate et en l'assurant que les tampons sanitaires emprunteraient les voies fatidiques de la poubelle et que Priscilla n'était ni payée en retard ni surmenée (l'espèce de garce, avec sa noire insolence et son poil dans la main, songea Enderby ; mais analphabète, oui, cela crevait les yeux, et donc peu susceptible de balancer à la dame les histoires de coucherie, dans une lettre ou un télégramme transatlantique). Et voilà. Bien, mais d'un autre côté, même à Londres sa propriétaire pouvait parfaitement apprendre, soit par un ou une bibliothécaire, soit par un message de la consœurie religiolesbienne de Californie, qu'Enderby était en réalité un *(La voix au bout du fil avait quelque chose de très suspect, chérie, on aurait dit un SFIM, oui, un sale fana de l'impérialisme mâle, et édenté avec ça, un SFIMÉ, à quel petit jeu jouez-vous, ma choute ?).* Mais il était vraisemblablement trop tard pour qu'elle pût y faire quoi que ce fût. Impossible de l'expulser en prétextant son sexe. Les Nations unies, commodément installées à New York, n'eussent pas manqué, par le canal d'un service qualifié, d'avoir leur mot à dire, aussi sec, en l'occurrence. Bref, telle étant donc la situation, Enderby se mit à l'œuvre.

Naguère, au Maroc, comme précédemment en Angleterre, Enderby avait accoutumé de travailler dans la salle de bains, en amoncelant dans la baignoire, réduite à ce seul usage, ses brouillons et même les copies définitives. Ici, pas question ; les robinets de la baignoire fuyaient et le siège des cabinets offrait (probablement du fait de locataires précédents et d'une mère juive qui voulait décourager les mâles de la famille de recourir aux plaisirs solitaires) de subtiles entailles, le rendant ingrat aux fesses. Il n'y avait pas non plus de table à écrire assez basse. Et Priscilla n'eût rien voulu savoir. Ce pays excentrique a le conformisme dans la peau. Enderby écrivait pour l'heure sur la table qui avait vu naître tant de maîtresses œuvres androphobes. Et il travaillait à un long poème sur saint Augustin et sur Pélage, en s'efforçant de tirer au clair pour lui-même et pour une cinquantaine de lecteurs tout l'inquiétant problème de la prédestination et du libre arbitre. Il relut ce qu'il avait écrit jusque-là, tout en grognant et se grattant, nu, un affreux cigarillo à la bouche.

Il arrivait de son île à brume, Morgan,
Fils de la mer, faux air de Monk sous froc
de bure,
Allant vers Rome la lointaine, dans
l'espoir —
De quoi ? O sainteté quintessentialisée,
O saine intégrité, farine non blutée,
Sainte comme sont l'air, la viande et la
boisson,
Et les chastes assauts de l'amour
conjugal,
Sanctitas sanctitas, même rampant hors du

Cloaque et de l'égout ou s'exhalant du
trou
De balle Saint-pontifical.

Peut-être était-ce aller un peu trop loin. Suspendu, le stylo d'Enderby piqua de la bille, se reprit. Non, décidément, c'était bien le ton. Va pour *trou de balle*. Sans doute d'autres eussent-ils préféré *trou du cul, trouduc* ou *trou-là-là*. Mais trou de balle était mieux — plus héroïque, plus britannique peut-être. Pourquoi pas ? Pélage n'était-il pas grand-breton ? Oui, d'accord pour *trou de balle*.

Longue la route,
Poudreux les pas, gais les oiseaux,
crotteux les bourgs.
Les monastères lui offraient leur pain
chanci,
Leur vin d'airelle — et lui toujours :
Sanctitas.
Qu'espères-tu trouver à Rome, frère ?
Haut lieu
De sainteté, pour y loger un temps, mes
frères,
Dans le grand saint des saints, puisque en
ce sanctuaire
Pierre jadis est mort, mais non sans avoir
vu
L'univers des païens devenu sanctitas,
Et que dort sous la dalle une riche
poussière
De martyrs. Sur quoi tous échangeaient
des regards,
D'aucuns disant tout haut ce que
pensaient les autres :

D'où pourrait-il venir si ce n'est de son île ?
Et que verrait fleurir cette Ultima Thulé
Si ce n'est sainteté surtout vêtue de trous
Par où chante le vent ? — non point le doux Zéphyr,
Mais bien l'aigre Borée accouru de son pôle.
De vigne point non plus, ni d'olivier ni d'ail,
Ni de ce grand soleil qui vous réveille en l'homme
L'Homme, frère convers, moine ou prieur tout comme,
Voire évêque à l'engrais, ses gros roustons valsant
Mieux que paire couplée de massifs encensoirs.
Sainteté pure — ah, Dieu l'assiste et le bénisse,
Car voyons ci passer britannique candeur.
Et ne voulant que bien à son prochain, tendresse
Au chien, caresse au chat, notre Breton candide
Poursuivait vers le sud — vin, olives et ail,
Bruns tétons tressautant cependant que pieds bruns
Dansaient dedans le grand pressoir et que là-haut
Brrroum-broum baliverna gorrificococcyx

En fin de parcours, c'était soudain l'Enderby intime protestant d'un besoin profond et urgent.

Le front soucieux, il emporta son poème pour en continuer la lecture, assis.

Le monstre ardent versait son philtre
aphrodisiaque
Prrrrrutt fââârk
Pfuittt
Enfin il vit au loin les maisons
suburbaines
O sancta urbs sancta, *dit-il s'agenouillant*
Ploufff

Enderby se torcha avec soin et lenteur, puis revint gravement, toujours sourcilleux et lisant; comme il arrivait à la hauteur du téléphone posé sur le lit, l'appareil sonna, de sorte qu'il fut en mesure de le décrocher sur-le-champ, déconcertant du même coup la voix à l'autre bout, qui ne s'était pas attendue à tant de promptitude.

— Oh !... Monsieur Enderby ?

Voix de femme, puisque plus haut perchée qu'une voix d'homme. Les voix femelles d'Amérique n'ont pas ce timbre typiquement féminin à quoi l'on reconnaît tout un midi de vigne et d'ail; leur aigu vient seulement d'un larynx accidentellement rétréci.

— Le professeur, oui.

— Oh, b'jour. Ici le secrétariat de l'émission de Jack Spire et Larry Lance. « On en jase », vous savez ? Nous avons pensé que si vous...

— Pardon ? Qui êtes-vous ? Qu'est-ce que vous dites ?

— L'émission de Jack Spire et Larry Lance. Celle où on cause, vous savez bien. A la télé. La seule, l'unique. Sur le Canal Quinze.

— Ah oui je vois, dit Enderby avec une cordialité toute britannique. Je crois voir ce que c'est. Elle m'a laissé la sienne, vous comprenez. Moyennant supplément.

— Comment ? De qui parlez-vous ?

— Ça y est, j'y suis. Sa télévision, je veux dire. Oh, sur le chapitre de ses droits elle est très forte. Mais je vois qui, j'ai regardé deux, trois fois l'émission. Un maigre et l'autre, un gros qui a tout l'air d'un chacal. Et qui ricanent presque sans arrêt tous les deux, faute de mieux probablement.

— Non, non, là vous faites erreur sur l'émission, monsieur le professeur.

Le titre avait soudain quelque chose de prétentieux, d'absurde aussi, comme dans ces films où l'on dit *professeur* à l'un des personnages.

— C'est de l'autre, celle de Can et Dix, Cannon et Dickson, que vous parlez. Mais leur truc est surtout réservé aux personnalités du showbiz. Tandis que Spire et Lance, ça n'a, heu, *rien* à voir.

— N'allez pas croire que je tienne particulièrement à ce titre, ha, ha, dit Enderby. Celui de professeur, je veux dire. Celui-là ou un autre, vous savez... de la frime. Au fond ça n'a pas le moindre sens. Et vraiment je vous dois des excuses pour...

Pour être nu comme ça, faillit-il ajouter — on finissait par ne plus savoir avec tout cet audiovisuel.

— ... pour mon innocence. Mon ignorance, plutôt, acheva-t-il.

— Autant vaudrait que je me présente, je pense... vous vous rendez compte, depuis le temps que nous bavardons. Je m'appelle Midge Tauchnitz.

— Et moi Enderby, dit Enderby. Ravi de, mais excusez-moi... Dites donc ! « Et direct, comme le feu du chalumeau dardant la *spire* de sa *lance*, l'éperon vigoureux. » Hopkins. L'idée est venue de là, non ?

— Pardon ?

— Rien, rien. Merci d'avoir appelé.

— Non ça n'est pas en direct, si c'est ça votre question. Le direct c'est mort. Fini. N'existe plus.

— Je vous promets de regarder l'émission à la première occasion. Merci encore infiniment de la suggestion...

— Non non, ce que nous voulons c'est que vous y participiez. On ampèxe à sept heures, ce soir, ce qui veut dire qu'on aurait besoin de vous vers six heures.

— Mais pourquoi ? s'enquit Enderby, franchement surpris. Pourquoi diable, mon Dieu ?

— Oh, à cause du maquillage et tout. Ça se passe 46e rue Ouest, entre la Cinquième Avenue et...

— Non, non, non ! Pourquoi moi ?

— Quoi ?

— Moi.

— Oh...

La voix se fit taquine et gamine :

— Oh ça va, monsieur le professeur, ça ne prend pas. A cause du film, évidemment. *Le Deutschland*.

— Ah... mais moi je n'ai écrit que le... enfin, il n'y a que l'idée qui soit de moi. C'est ce que dit le générique en tout cas. Pourquoi ne demandez-vous pas à un des autres, un des vrais auteurs ?

— Oh bien, dit-elle en toute honnêteté, le fait est que nous avons cherché à mettre la main sur Bob Ponte, vous savez, l'auteur du scénario, mais il est à Honolulu, sur un autre truc, et quant à M. Schaumwein, lui, il est à Rome. Alors Millennium a suggéré de vous contacter et j'ai téléphoné à l'université qui m'a donné vos...

— Et Hopkins ? lança Enderby, par sombre plaisanterie. Vous avez essayé du côté de Hopkins ?

— Oui, mais manque de pot là aussi. Personne ne sait où il est passé.

— Du point de vue de l'eschatologie je dirais qu'il est à peu près certain que...

— Je vous demande pardon ?

— Mais d'autre part, rien d'étonnant. 1844-1889, dit-il en guise de clin d'œil.

— Ah bon, vous permettez que je note ? C'est drôle, on ne dirait pas du tout un numéro de téléphone de New York.

— Non non non non, je plaisantais. Le fait est qu'il est mort.

— Zut alors, excusez-moi, je ne savais pas. Mais pour ce qui est de vous, pas de problème j'espère ? Je veux dire : vous viendrez ?

— S'il le faut absolument. Cela dit, je ne vois toujours pas...

— Sans rire ? Vous ne lisez donc pas les journaux ?

— Non, jamais. Au grand jamais. Pour les tas de mensonges et d'histoires à dormir debout qu'ils racontent. Qu'y a-t-il ? On a attaqué le film ?

— Non. C'est à des religieuses qu'on s'en est pris. De jeunes gars. A Manhattanville. Vous ne le saviez pas ? Ça alors, je n'en reviens pas. J'aurais pensé...

— On s'en prend toujours aux religieuses. Leur pureté est une insulte à la face impure de ce monde.

— Génial. Il faudra le dire, ça, vous n'oublierez pas ? Mais tout le truc c'est que les jeunes gars en question n'auraient jamais eu cette idée s'ils n'avaient pas vu le film. Et c'est à cause de ça que de notre côté...

— Je vois, je vois. La faute à qui, la faute à l'art, toujours, n'est-ce pas ? Le péché originel ? Non, jamais. Mais l'art... Soit, on m'entendra, n'ayez crainte.

— Vous avez noté l'adresse ?

— L'art ! Ils font ceux qui ne savent pas ce que c'est que l'art... zéro, bon pour la poubelle, disent-ils, quand encore ils ne le chargent pas de tous leurs crimes. C'est ça l'idée. Tas de fumiers, je leur riverai leur clou. Ça, non, je n'encaisse pas ce genre de sottises, vous entendez ?

Pas de réponse à l'autre bout du fil.

— Quand le prend-on pour ce qu'il est, l'art : beauté, signification profonde et ultime, forme pour l'amour de la forme, parfaite autarcie ? Non non, jamais ! Toujours il faut qu'on en ricane ou qu'on le rende responsable de tous les maux. Oh oui on m'entendra, c'est moi qui vous le dis. Comment s'appelle-t-elle déjà, votre émission ?

Mais cette idiote de petite garce avait raccroché.

Enderby revint à son poème en renâclant de colère et de mépris. Bande d'idiots et de fumiers.

Mais partout à ses yeux Rome n'offrait que vice
Et péché, de sainteté point, non, rien que vice,
Du vice la grammaire et la syntaxe impies,
Le catalogue entier, la lexicologie.
Des paons en pleine rue, l'or qui changeait de main
Dans de sombres recoins, et les festins vomis,
Boyaux d'autruche farcis au safran, rillettes
De brochet, pâté de cervelles d'alouette,
Sauces relevées à vous écœurer, et coupes
Où se mêlaient le vin et le sang de vipère
Pour aiguiser sans fin l'appétit de luxure.
Pédérastie, podorastie, bestialité,
Sodomie, degrés de parenté piétinés
Dans cette démoniaque danse. Alors il dit,
Ce Morgan qu'entre doctes on nommait Pélage,
Pourquoi cette conduite ô mes sœurs ô mes frères ?
N'êtes-vous pas sauvés dans le Christ, sanctifiés
Par son saint sacrifice ? Ah, pourquoi, pourquoi donc ?
(Le tout en sa candeur de Grand-Breton). Mais eux

Comment s'appelait cette émission, déjà ? La faute à qui ? A l'art, comme toujours. L'art est neutre, ni plus didactique que provocateur, chatoiement statique — voilà ce qu'il leur dirait, à ces fumiers. Tu disais donc ? Puis il songea à son poème, qu'il avait sous les yeux (simple brouillon, allait de soi, tout premier jet), et il se demanda : *qu'en sais-tu si ça aussi n'est pas didactique ?* Bon, mais, et *Le naufrage du "Deutschland"*, alors ? Hopkins s'en prenait régulièrement aux Anglais, tout comme aux Gallois d'ailleurs, pour leur manque d'empressement à se reconvertir (quel miracle lacté, quelle voie céleste fut tout un temps la Walsingham) au catholicisme. Mais, en un sens, Hopkins était dans le camp du Diable sans le savoir (surtout bien se souvenir de ne pas dire ça à cette émission, On en Jette ou On en Jacte, oui c'était ça le nom, ou quelque chose d'approchant ; les gens sont si bêtes qu'ils vous prennent au mot dans ce cas-là). Cela tenait d'une sorte de paganisme en lui : une prunelle, succulence gavée sous calotte pelucheuse, tu parles ! avec l'étiquette Dieu piquée dedans. Le petit couplet : faire en sorte que, ô, revienne notre Roi régir âmes anglaises, était mis là uniquement pour l'architecture du poème, sans autre raison que de le mener à terme. Soit, mais, et le sien de poème ?

Non, décida-t-il, moi je ne prêche pas. De quel droit eût-il prêché ? Sorti du sein de l'Église à seize ans, jamais allé à la messe une seule fois en quarante années. Non, façon seulement d'explorer en imagination le libre arbitre et la prédestination. Tant soit peu réconforté, il reprit sa lecture tout en se grattant, cigarillo (éteint tout seul) rallumé et chuintant une puanteur de fumée.

Ils lui disaient gaiement, cessant pour un
instant

De récurer un os de paonne ou de baiser
Sur le téton ou sur le cul fils, fille, sœur,
Frère, tante, brebis, agnelle : Comment
donc,
Étranger, ignores-tu la bonne nouvelle ?
Que sur son large dos Christ a pris nos
péchés.
Et qu'étant de ce fait déchargés et sauvés
Au regard de cela peu importent nos
actes ?
Car s'il nous a sauvés cette fois-là pour
toutes
Pourquoi souffririons-nous grand dam ou
perdition
De nos présents plaisirs (que nous nous
proposons
De répéter demain, après réparation
D'un repos bien gagné). Gloire, gloire au
Seigneur
Qui nous ouvrit deux paradis, l'un à
venir,
L'autre ici-bas, alléluia. Sur quoi téton,
Cul, ou poisson à la farce aux dates,
chacun,
Alléluia, se remettait à ses succions.
Et Morgan tourné vers le ciel : Jusques à
quand,
Seigneur, permettras-tu que l'on
transgresse ainsi
Ta sainte Loi ? Frappe, frappe, comme
jadis
Tu frappas les saumâtres cités de la
plaine
Ou le traître Zimri par le bras de Phiné,
Le fils d'Éléazar fils lui-même d'Aaron,

Et par le même coup la hideuse l'impure
Putain des temples moabites de Cozbi.
Ah, frappe, frappe. Mais le Seigneur n'en
fit rien.

Là, on entrait dans la difficulté. Toutes ces histoires de libre arbitre, de prédestination et de péché originel exigeaient d'être traitées très dramatiquement. En même temps, il y fallait un peu de prêchi-prêcha. Comment foutre ? Enderby qui, privé de lunettes pour l'instant (les garder quand au reste on est nu prête à rire, et de toute façon il n'en avait vraiment besoin que pour voir loin), promenait vaguement son regard sur la chambre, en quête d'une réponse, n'en trouvait pas à portée. Les étagères livresques de sa propriétaire lui tournaient le dos, ou plus exactement leurs alignements de dos, avec tout le mépris de leur contenu : votre affaire, pas la nôtre ; nous, ce qui nous intéresse, ce sont les *vrais* problèmes de l'existence — l'écrasement de la femme par l'homme, l'oppression économique des Noirs, la contre-culture, la révolution en marche, Reich, Fanon, le tiers monde. Puis il plissa les yeux, n'en croyant pas ce qu'il voyait : dans l'embrasure de la porte, femme ou jeune fille, une femelle en tout cas. Abritant ses parties génitales sous les feuillets de son poème, il dit :

— Que diable ? Qui vous a ouvert ? Sortez.

— Mais nous avions rendez-vous à dix heures, et il est dix heures dix. C'était d'accord. J'attendrai dans la... à moins que... c'est-à-dire, je ne pouvais pas me douter...

Elle était toujours là. Enderby, tirant vigoureusement sur son cigarillo comme dans l'espoir de s'envelopper d'un nuage, fit demi-tour, se couvrit les fesses de son poème, puis repéra sa robe de chambre (celle de Rawcliffe en vérité, léguée entre autres effets) sur une chaise derrière un canapé en rotin et près du climatiseur. Il s'en vêtit. La créature n'avait pas bougé, et elle parlait.

— Enfin... ça m'est égal si vous ne...

— Mais moi, ça ne m'est pas égal, dit Enderby.

Et il s'avança, dans le flac-flac de ses pieds nus, mais d'autre part dûment drapé.

— Et d'ailleurs, qu'est-ce que tout ça signifie ?

— C'est pour *Jésus*.

— Seigneur Dieu, pour qui dites-vous ?

Il était tout près d'elle maintenant, et il pouvait voir qu'elle était selon toute vraisemblance ce qu'on appelle un charmant petit bouchon, avec des menus tétons joliment sculptés sous un chandail noir taché de (probablement) Coca ou Pepsi-Cola et de graisse de hamburger (un peu de *vraie nourriture*, voilà ce qui leur manquait, à ces pauvres gosses), et de longues jambes à l'américaine sous un pantalon de bleu de travail rapiécé. Curieux comme on ne s'intéresse jamais aux visages ici, en Amérique ; on ne les remarque pas ; mais c'est qu'ils ne comptent pas, sauf dans les films ; jamais on ne se les rappelle. Et de même les voix : toutes pareilles. Sur quoi il reprit :

— Jamais on n'aurait dû vous laisser monter comme ça, vous savez. On est censé vous filtrer ou je ne sais trop quoi, puis me téléphoner pour me demander si c'est d'accord.

— Mais on me connaît... le type d'en bas, je veux dire. Il sait que je suis une de vos étudiantes.

— Tiens donc ? dit Enderby. Vraiment ? Je ne suis pas très sûr de... Oui... (Penchant la tête de côté pour mieux la regarder.)... c'est possible après tout, très possible. Nous ferions aussi bien d'aller au salon, ou appelez ça comme vous voudrez.

Et, la bousculant un peu, il passa devant et lui montra le chemin dans le couloir.

La pièce où il était censé *vivre*, autrement dit : regarder la télévision, mettre des disques de chants protestataires sur l'électrophone de sa propriétaire et assister de la fenêtre aux actes de violence en bas dans la rue, était surtout meublée d'un bric-à-brac d'absurdités barbares — tambours, lances, boucliers et tapis atrocement tissés dans des couleurs à hurler — parmi lesquelles on était supposé s'asseoir sur des poufs. D'une main vague, Enderby en désigna un à la jeune fille. De l'autre main, il indiqua le téléviseur et dit, tout en crachant des bouffées de fumée de cigarillo :

— Je dois passer à cette espèce de truc.

— Oh.

— Vous savez, cette émission, Cancan Dira-t-on, je crois. Le nom m'échappe sur le moment. Le vôtre, de nom, c'est quoi, disiez-vous ?

— Oh allons, vous savez bien : Lydia Tietjens.

Et, comme il s'asseyait sur le pouf voisin, elle le poussa un peu, par jeu, comme pour rire de sa sottise excentrique, non dénuée de charme exotique.

— Mais oui, bien sûr. Voir Ford Madox Ford.

Je l'ai connu un peu, celui-là. Il avait une haleine épouvantable, et ça l'a grandement handicapé dans la vie. La bonne société l'a rejeté. Et pourquoi ? Parce qu'il avait eu le cran de se battre pendant que les autres, les salopards, restaient chez eux ; c'était un gazé de guerre. Dites donc, j'espère que vous n'enregistrez pas ça ?

Car, soudain il s'en apercevait, elle tenait un petit magnétophone à cassettes japonais, qu'elle tendait dans sa direction, assez comme les enfants qui font la quête avec leur corbeillon pendant la messe.

— Juste pour que j'aie une idée de base.

Sur quoi, après un léger bourdonnement et quelques cliquetis, Enderby entendit une voix inconnue déclarer : *dant que les autres, les salopards, restaient chez eux ; c'était un gazé de guerre. Dites donc, j'espère que vous n'enregis.*

— Vous m'avez dit que c'est pour quoi ?

— Pour *Jésus*. Notre revue. Toutes pour Jésus. Vous savez bien, voyons.

— Pourquoi toutes et pas tous ? Je croyais que c'était ouvert à n'importe qui ?

Fasciné, Enderby regardait les feuillets tapés à la machine, des copies au carbone, qu'elle tirait d'une sorte de musette pareille à celle des masques à gaz de l'armée britannique — *leur* revue, dactylographiée, à ce qu'il lui semblait d'après la dernière page, sans marge ni justification, avec, en couverture, uniquement le nom de *JÉSUS* et le portrait grossier d'un messie imberbe et néanmoins abondamment chevelu.

— Mais ce n'est pas lui.

— Pas *lui*, non. D'accord. Qu'est-ce qui prouve que c'était un *mâle ?*

Enderby respira fort, deux ou trois fois, puis dit :

— Est-ce que ça vous chanterait de prendre un petit onze heures, comme on dit chez nous autres Anglais ? Petits fours, thé, etc. ? A moins que je ne vous fasse cuire un steak, si vous préférez ? Ou alors, attendez, j'ai un reste de ragoût, d'hier. En moins d'une minute ce sera chaud.

C'était ça l'ennui, dans le cas de ces pauvres gosses. Tous à crever de faim ou peu s'en fallait, à s'empoisonner avec leurs boissons chimiques et leurs hamburgers, et à avoir des visions.

TROIS

— Et Dieu, vous y croyez ? demanda-t-elle, un sandwich au steak dans une patte, son machin à cassettes dans l'autre.

— Que vous semble de ce thé, il est assez fort pour vous ? répliqua Enderby. A vue de nez il m'a l'air parfaitement imbuvable. Un seul sachet, quelle idée ! Du pipi de mouche, oui, ajouta-t-il.

Puis :

— Dieu ? Oh, vous savez, la foi n'y fait ni chaud ni froid. Mettons que j'y croie ; bon, et après ? Je n'y crois pas ? Même tabac. En quoi cela affecte-t-il sa position et son standing à lui, je vous le demande ?

— Pourquoi dites-vous *à lllui ?* linguala-t-elle.

— A elle, alors. Ou à cette chose, à *ça*. Neutre. Peu importe, au fond. Simple question de tradition, de convention, je vous laisse le choix. Ce qu'il faudrait, c'est un pronom nouveau. Eh bien inventons-en un qui exprime tout ça à la fois, masculino-féminino-neutre. C'est ça l'idée. Allons-y. Que diriez-vous par exemple de *ilelça*... non, attendez, un peu de contraction serait mieux : *ielça*. Ou *ielc*, pourquoi pas ?

— Vous voyez bien : masculin d'abord, une fois de plus. Tout de même, *ielc* n'est pas si mal finalement ; ça colle sur le plan sentiment : ça rime presque avec *berrk*.

— Vous savez, personnellement, l'ordre des sexes ou des genres, je m'en moque, dit Enderby. Vous n'aimeriez pas un flan ou un gâteau Sarah Lee ? Comme il vous plaira. Bien, nous disions... *Elilça ? Elcil ?* Que je croie ou non en *ellui* ne change rien à la position ni au standing d'*elcil*.

— Mais quand on meurt, que se passe-t-il.

— Fini, répondit promptement Enderby. Plus personne. Rayé des contrôles. Sinon... eh bien ma foi, on meurt, on rend le dernier soupir, et après on rôde plus ou moins, débarrassé de son corps. On traîne à droite à gauche, oui, et un jour on finit par tomber sur une espèce d'énormité. C'est quoi, cette énorme chose, demanderez-vous ? Dieu, mettons, si vous voulez. Et quant à savoir à quoi ça — pardon, *elcil* — ressemble, poursuivit pensivement Enderby, ma foi, à une immense symphonie, dirais-je, dont la partition se déroulerait à l'infini, comme serait infini le nombre des instruments de l'orchestre, l'ensemble formant pourtant un formidable et indissoluble tout. Et elle se joue sans arrêt, cette grande symphonie. Qui l'écoute ? Mais elle-même. Elle s'écoute, de même qu'elle se fait plaisir toute seule ad infinitum ad aeternum à perpète. Elle se fiche éperdument que vous l'entendiez ou non.

— C'est de la masturbation.

— Je pensais bien que cela finirait comme ça, oui je me le disais bien que tôt ou tard ça ne raterait pas, vous mettriez le sexe dans le coup. Peu importe. La Neuvième, disons, une Neuvième Symphonie qui n'en finirait pas. Dieu comme Beauté Éternelle. Dieu comme Vérité ? Absurde. Non, Dieu comme Bien Suprême et Suprême Bonté. Ce qui entraîne forcément une sorte de lien éthique entre *elcil* et tout ce qui n'est pas Dieu. Mais Dieu lui-même est distant, retranché, autarcique et se fout de tout.

— Quelle horreur ! Jamais je ne pourrais vivre avec un Dieu pareil.

— Rien ne vous y force. Et d'ailleurs en quoi est-ce que ça vous regarde, vous ou les autres ? Dieu n'a pas à être la copie conforme de l'idée d'*elcil* que se font les gens. Et puis j'en ai marre de Dieu, dit Enderby. Passons à un autre sujet.

Sur quoi, se levant aussitôt péniblement et bruyamment, il partit à la recherche de la bouteille de whisky, dont c'était approximativement l'heure.

— Je manque de verres, reprit-il. De verres propres en tout cas. Vous devrez boire au goulot.

— Je n'en veux pas.

Elle ne voulait pas non plus de son thé. Pas tort : pipi de mouche. Il se rassit.

— S'il n'y a pas de vie après la mort, dit-elle, à quoi bon faire le bien et bien faire en ce monde ? Puisqu'il n'y a pas plus de récompense que de châtiment dans l'autre, veux-je dire.

— Écoutez-moi cette abomination ! railla Enderby. Ne rien faire sans penser à ce que vous vaudront vos actes !

Il but une gorgée de whisky et grimaça

comme il se doit. L'alcool incendia brièvement le dédale des rues intestines, puis, parvenu dans la citadelle, se changea en chaleur bienveillante. Avec un bon sourire condescendant, Enderby tendit la bouteille à la jeune fille. Elle la prit, l'éleva vers les cieux telle une trompette, téta environ un millimètre de liquide.

— Et si, pendant que nous y sommes, reprit Enderby, nous décidions ce que nous entendons par le bien ?

— C'est à vous de décider. L'interviewé c'est vous.

— Soit, disons qu'il existe des abrutis et des salauds qui ne parviennent pas à comprendre que, sous les nazis, il ait pu arriver à un commandant de camp de concentration de rentrer chez lui après avoir torturé des Juifs toute la journée et de verser des larmes de joie en écoutant une symphonie de Schubert à la radio. A les entendre, voilà un homme voué au mal et pourtant capable de savourer le bien. Ce qui échappe à ces bougres de crétins c'est qu'il y a deux sortes de bien. L'une qui est neutre, étrangère à toute éthique, purement esthétique. On la trouve dans la musique ou dans un coucher de soleil, si c'est là ce qu'on aime, ou dans une pomme ou un steak grillé aussi bien. Si Dieu est bon, à supposer naturellement qu'il existe, c'est probablement en ce sens. Ainsi que je l'ai déjà...

Il but un petit coup à la bouteille qu'elle lui avait rendue et acheva :

— ... dit.

— Dieu ou le sexe. Le sexe également est bon, même si... enfin... je veux dire que, pour y prendre plaisir, pas besoin d'être en état de grâce, comme on appelait ça autrefois.

— Excellent, dit Enderby avec chaleur. Et très juste. Dommage que vous persistiez dans vos histoires de sexe. Et c'est d'amours lesbiennes que vous parlez dans votre cas, naturellement. Non que j'aie rien contre, cela va de soi, sauf que c'est le type d'expérience que je ne peux pas m'offrir. Le monde rétrécit de jour en jour. Partout ce ne sont que petites sectes ou chapelles, chacune occupée à leur petite affaire, à les entendre.

— Pourquoi montrez-vous tout le temps vos couilles avec une telle insistance ? dit-elle effrontément. Vous n'avez rien à vous mettre, pas de slip ni de caleçon ?

Enderby devint tout rouge.

— Je ne le faisais pas exprès, dit-il. Je vous jure. Je vais mettre quelque chose, oui, bien sûr. Cela n'avait rien de provocateur... Je vous demande pardon, dit-il en disparaissant à reculons dans la chambre à coucher.

Il en ressortit vêtu d'un pantalon ineffable, vestige d'un vieux costume, et d'une chemise à rayures, modérément propre. Plus des pantoufles.

— Voilà, dit-il.

La petite garce d'hypocrite avait dit deux mots à la bouteille pendant sa brève absence, à en juger par la façon dont les mots dérapaient légèrement sur ses lèvres. Elle dit :

— Le mal.

— Pardon ? Ah... le mal. Oui.

Il se rassit.

— Le mal, c'est l'instinct de destruction. A

ne pas confondre avec ce qui est simplement répréhensible, c'est-à-dire ce qui déplaît au gouvernement. Il y a des cas où le mal et le répréhensible se trouvent mêlés... par exemple dans le meurtre. Mais il peut être bien d'assassiner. Comme les vôtres, par exemple, qui se baladent au Viêt-nam en tuant... et ils ne sont pas les seuls. Le mal peut être baptisé bien.

— Ça n'a jamais été bien. Personne n'a jamais dit une chose pareille.

— Si, le gouvernement. Ne vous y trompez pas : le bien et le répréhensible sont fluides et interchangeables. Ce qui est bien aujourd'hui sera peut-être répréhensible demain. Et inversement. Il est bien de faire risette aux Chinois aujourd'hui. Avant que vous vous mettiez à jouer au ping-pong avec eux, ce n'était pas bien. Autant d'absurdités diaboliques. Ce dont les gosses comme vous ont besoin c'est d'un peu de bonne nourriture (justement, tenez : bonne en un sens qui n'a rien de moral) et d'une certaine notion de ce que représentent le bien et le mal.

— Alors, allez-y, dites.

— Personne, dit Enderby après avoir avalé une rasade, n'a jamais eu une idée claire de ce qu'est le bien. Donner de l'argent aux pauvres, peut-être ? Aider les vieilles dames à traverser la rue ? Des choses de ce genre. Tandis que le mal... tout le monde sait ce que c'est. Il fait partie de notre éducation. Le péché originel, vous connaissez ?

— Je ne crois pas au péché originel, dit-elle (ses doigts témoignaient maintenant d'une assurance virile dans le maniement de la bouteille). Nous sommes libres.

Enderby la regarda amèrement, en transpirant. Il faisait vraiment trop chaud pour supporter des vêtements à l'intérieur. Saleté de chauffage central ; immuable, réglé par une espèce de batracien sadique trônant à la cave. Quant à l'amertume, elle provenait de ce que cette fille avait mis le doigt en plein sur ce foutu problème qu'il entendait exposer dans son poème. Qu'attendait-elle pour ficher le camp et le laisser travailler en paix ? Bon, oui, le devoir avant tout : la fille suivait ses cours. On le payait pour. La bande des salopards d'autochtones aux mains desquels il avait laissé *La Belle Mer*, là-bas à Tanger, devaient s'emplir les poches au tiroir-caisse. Mauvaise année, señor ; tout juste si on n'a pas dû la fermer, cette putain de boîte. Il dit prudemment :

— Libres, oui, enfin... plus ou moins. *Wir sind ein wenig frei*. C'est de Wagner. Il l'a mis dans la bouche de Hans Sachs, dans *Die Meistersinger*.

Et soudain :

— Oh, et puis merde, non. Entièrement libres. Totalement libres de choisir entre le bien et le mal. Peu importe le reste... comme, est-ce que je sais, moi, boire un litre de whisky sans vomir et autres trucs de ce genre. Libres de se toucher le front avec le pied. Et ainsi de suite.

— Ça, je peux le faire, dit-elle.

Le pied au front. Comme elle disait. Pauvre petite sous-alimentée, Dieu lui pardonne : c'était le whisky.

— Mais, dit Enderby tout en feignant de ne pas voir l'acrobatie. (Elle avait l'air de se ficher éperdument de continuer à se servir de son machin à cassettes. Mais quelle importance?) Nous penchons vers le mal plutôt que vers le bien. L'histoire en porte témoignage. Placés devant le choix, nous inclinons au mal. Voilà tout. Faire le bien demande un effort énorme.

— Exemples de mal? dit-elle.

— Oh, dit Enderby, tuer pour le plaisir. Torturer pour la même raison... bien que ce soit toujours le cas, non? Mutiler une œuvre d'art. Péter pendant l'exécution d'un des derniers quatuors de Beethoven... ça, tenez, il y a toutes les chances que ce soit vraiment mal, parce que ce n'est contraire à rien. Je veux dire que ce n'est défendu par aucune loi.

— Notre conviction, dit-elle en se redressant gravement sur son siège et en tendant sa machine à cassettes après en avoir vérifié le fonctionnement. Notre conviction est qu'un jour viendra où le mal n'existera plus. Elle reviendra sur terre et ce sera la fin du mal.

— Qui ça, *elle?*

— Jésus, bien sûr.

Enderby respira profondément deux ou trois fois.

— Écoutez bien, dit-il. Du jour où vous supprimez le mal, vous en faites autant du libre arbitre. Il est absolument nécessaire d'avoir à choisir, et cela ne peut être qu'entre le bien *et* le mal. Sans choix, fini l'humanité. On devient autre chose. Ou alors on est mort.

— C'est terrible ce que vous pouvez transpirer, dit-elle. Quelle idée de vous couvrir comme ça! Vous n'avez pas de maillot de bain?

— Je ne sais pas nager, répondit Enderby.

— C'est vrai qu'il fait chaud. Salement, dit-elle.

Et elle se mit à retirer son chandail taché de *Coke* et de graisse de *hamburger*. Enderby avala sa salive et faillit s'étrangler. Il dit :

— Vous m'avouerez que tout cela n'est pas très dans les règles. Du point de vue des rapports entre professeurs et étudiants, etc., etc., veux-je dire.

— Vous avez bien fait de l'exhibitionnisme ; ça non plus n'était pas très régulier.

Entre-temps elle avait fini de retirer son chandail. Sans doute, songea-t-il, était-elle décemment habillée pour la plage ; et pourtant il y avait une nuance curieusement érotique qui faisait toute la différence entre les deux sortes de haut. Celui qui s'offrait à lui avait beau être assez austère — pas de fanfreluches, pas d'impression de mains noires pelotant les seins — c'était tout de même du *déshabillage*. Rien de la tenue de plage. Il dit :

— La question ne manque pas d'intérêt, quand on y pense. Si une personne est couchée nue dans le sable, ce n'est pas de l'érotisme. Nue sur un lit, ça change. Sur le tapis ou le parquet, encore plus.

— Dans le premier cas, c'est fonctionnel, dit-elle. Comme pour une opération chirurgicale. La nudité est érotique uniquement dans la mesure où sa seule raison est d'être cela.

— Vous êtes vraiment très intelligente, dit Enderby. Quelle sorte de notes vous ai-je donnée en général ?

— J'ai eu deux fois Assez Bien. Mais j'ai raté ma sextine. C'est un truc tellement démodé ! Et une autre fois, c'étaient des vers libres. Sauf que vous avez dit que c'étaient en réalité des alexandrins.

— Les gens tombent souvent dans l'alexandrin en voulant écrire des vers libres, dit Enderby.

— Il me faut des Très Bien. Absolument.

Puis :

— Oh là là, ce qu'il fait chaud !

— Vous n'aimeriez pas un peu de glace là-dedans ? Je peux aller vous en chercher.

— Vous n'auriez pas un Coke bien frais ?

— C'est ça, vous voilà repartie avec vos saletés de Cokes, de Seven-Ups et je ne sais quoi. C'est de la barbarie ! s'emporta Enderby. Je vais vous chercher de la glace.

Il pénétra dans la cuisine et observa d'un air sombre les lieux. Oui, pas de doute, c'était assez crasseux, avec la pile d'assiettes dans l'évier. Il ne savait pas se servir de la machine à laver la vaisselle. Il fit gicler les cubes de glace d'un bac en appuyant sur un levier. Les cubes cascadèrent dans l'eau sale et la graisse de huit jours. Il les essuya avec une lavette, puis les mit dans la grande tasse à thé marquée GEORGIA et emporta le tout. Le souffle coupé, il dit :

— Vous y allez un peu fort, vous savez !

Serveuses aux seins nus, étudiantes idem. Il reprit :

— J'ai oublié de vous laver un verre. A la guerre comme à la guerre, ajouta-t-il, sombrement facétieux.

Il retourna à la cuisine et, aussitôt, le téléphone sonna.

— Enderby ?

Voix d'homme, anglaise.

— Le professeur Enderby, oui.

— Alors mon petit père, cette fois on est dans la merde jusqu'au cou, hein ?

— Vous dites ? Écoutez, si c'est vous qui avez manigancé ça avec cette fille... Mais d'abord qui êtes-vous ?

— Tiens, tiens, il se passe aussi des choses dans le secteur, ma parole ? Je suis Jim Bister et j'appelle de Washington. On s'est vu à Tanger, rappelez-vous. Au milieu de toute cette bande de fausses couches et de demi-portions : vos boys, vous savez ? Vos petits gars chocolat ?

— Vous êtes soûl ?

— Pas plus que d'habitude, vieux. Sérieusement, écoutez. Mon rédacteur en chef m'a demandé de vous soutirer quelques phrases sur cette histoire de nonnes.

— Quelle histoire de nonnes ? Quel rédacteur en chef ? Et qui êtes-vous, encore une fois ?

Il exagérait peut-être en posant de nouveau cette dernière question, mais il répugnait à considérer comme allant de soi que les citoyens britanniques expatriés en Amérique dussent inévitablement faire copain-copain entre eux et employer des expressions telles que *dans la merde* à tout bout de champ.

— Je vous l'ai dit, qui je suis. Je pensais que vous vous rappelleriez. Vous étiez probablement à moitié beurré, cette fois-là, à Tanger. Mon journal s'appelle la *Evening Banner*, de Londres, au cas où vous auriez oublié, le cognac et la pédérastie aidant ; et mon rédacteur en chef aimerait savoir...

— Dites donc, qu'est-ce que vous racontiez

sur la pédérastie, là, à l'instant ? Sauf erreur, j'ai bien entendu parler de pédérastie, non, au passage ? Parce que j'aime autant vous dire que si c'est vrai, bon Dieu, je ne fais qu'un saut jusqu'à Washington et je vous...

— Zéro pour moi. Je ne serais même pas foutu de prononcer le mot si je le connaissais. Non, c'est à propos de l'affaire des religieuses d'Ashton-sous-Lyne, vous savez ? J'ignore où ça se trouve, et vous ?

— Erreur. C'est ici que ça se passe.

— Non, non, rien à voir, mon vieux. L'histoire dont je parle, c'est à Ashton-sous-Lyne... dans le nord de l'Angleterre, dans le Lancashire, au cas où vous l'ignoreriez... et il y a eu homicide... nonnicide plus exactement, involontaire. A moins que ce ne soit meurtre avec préméditation. Ça ne vous dit rien ?

— Mais qu'est-ce que j'ai à voir là-dedans, de toute façon ? Écoutez, je vous ai entendu distinctement parler de pédérastie...

— Oh, pédérastie mon cul ! Soyez sérieux pour une fois, mon vieux. Les mômes qui ont fait le coup prétendent avoir vu votre film, vous savez ? Le truc sur le *Deutschland*. Et du coup tout le monde est lancé là-dessus. Un des mômes...

— Ce n'est pas mon film, vous entendez ? Et en tout cas jamais encore une œuvre d'art n'a été la cause...

— Ah, ah, une œuvre d'art, dites-vous ? Intéressant. Et le bouquin d'où on a tiré le film, vous diriez aussi que c'est une œuvre d'art ? Parce que, vous savez, l'un de ces gosses a raconté qu'il avait vu le film, mais qu'il avait lu également le livre, et que c'était peut-être justement le livre qui lui avait mis l'idée en tête. Qu'en dites-vous ?

— Ce n'est pas un livre, c'est un poème. Et je suis convaincu qu'il est impossible qu'un poème... D'ailleurs peu importe, ce gosse ment, si vous voulez mon avis.

— On a donné lecture du texte en plein tribunal. J'en ai des extraits sous les yeux. D'accord, je veux bien que le télex se soit un peu mêlé les pédales. N'importe, écoutez ça : « Ainsi dès l'aube de la vie en a-t-il découlé, Abel est frère de Caïn, tous deux ayant tété le même sein. » Apparemment, le malheureux gosse s'était mis à en rêver la nuit. Et il y a aussi un passage qui dit : « Avec les clous en toi vrillés, lance nichée, hampe d'amour crucifié. » Parlez d'un style !... d'un prétentieux, je dois dire ! Il est question d'en interdire la vente dans les librairies d'Ashton-sous-Lyne, à cause du danger que ça représente pour les jeunes âmes sensibles.

— Cela m'étonnerait qu'on en trouve un seul exemplaire dans ce fichu bled. Ces histoires sont du dernier grotesque, évidemment. Parler d'interdire les poésies complètes d'un grand poète anglais ? Prêtre et jésuite, qui plus est ? Bordel de Dieu, tous ces cons-là ont perdu la tête, il faut croire !

— Ça ne change rien au fait que la bonne sœur est morte. Qu'allez-vous faire à ce propos ?

— Moi ? Rien du tout. Adressez-vous à la bande des fumiers qui ont fait le film. Ils vous diront la même chose que moi : que du jour où on en vient à admettre qu'une œuvre d'art peut inciter les gens à se lancer dans le crime, alors on est foutu. Le danger est partout. Même dans Shakespeare. Même dans la Bible. D'ailleurs la Bible n'est qu'un monceau de sanglantes inepties qu'on ne devrait pas mettre dans la main des gens.

— Je peux citer ça comme étant de vous ?

— Vous pouvez faire ce que vous voulez, mais je vous en foutrai de la pédérastie, moi. Il y a une fille nue chez moi, en ce moment, vous entendez ? Vous n'allez pas me raconter que c'est de la pédérastie, espèce de salaud, avec vos insultes à la con ?

Et sur un reniflement de mépris Enderby raccrocha. Toujours reniflant et furieux, il revint à son whisky et à son pouf. La fille avait disparu.

— Où êtes-vous passée ? cria-t-il. Vous et vos putains d'histoires à la con, votre Jésus femme ! Savez-vous ce qu'on veut faire à l'un des plus grands poètes mystiques de toute la littérature anglaise ? Où êtes-vous ?

Elle était dans la chambre à coucher, découvrit-il sans surprise, allongée sur le lit circulaire, bien qu'elle eût gardé son pantalon de prolétaire.

— Est-ce que je retire ça ? demanda-t-elle.

Bouteille de whisky à la main, Enderby s'assit pesamment sur une chaise en rotin assez proche du lit et la regarda, bouche bée, puis dit :

— Pour quoi faire ?

— Pour que vous me baisiez. C'est bien ça que vous voulez, non ? Vous ne devez pas avoir tellement l'occasion, à votre âge et laid et plutôt plein de graisse comme vous êtes. Enfin, quoi, ne vous gênez pas si ça vous dit.

— Dites-moi, s'enquit prudemment Enderby, vous vous y prenez toujours comme ça quand vous travaillez pour votre salcté de publication blasphématoire ?

— Faut absolument que j'aie un Très Bien.

Soudain, Enderby se mit à pleurer avec des bruits de gorge. Saisie, la jeune fille quitta le lit, puis la pièce. Enderby continua à pleurer, n'interrompant ses hoquets que pour boire à la bouteille. Il entendit la visiteuse, probablement non encore rechandaillée et serrant sur son cœur son imbécillité d'appareil dans lequel il avait déversé un peu de voix cotonneuse, s'apprêter à filer de l'appartement de son pas tennissé et crissant. Puis elle passa la tête, en quelque sorte pour qu'il la vît maintenant qu'elle n'avait plus de corps — visage un peu perdu sous des cheveux de noyée et de couleur indistincte, yeux verts très écartés comme ceux d'un animal, nez mince et à l'économie, large bouche américaine faussement prometteuse de générosité : visage d'une fille qui veut un Très Bien.

Il continua donc à pleurer et, ce faisant, vit se présenter à son intellect diverses raisons, foutrement bonnes toutes, de sangloter ainsi : son propre déclin, le cauchemar perpétuel de la poubelle des jours (trop de briquets refusant de fonctionner, de vieilles notes impayées, de lettres laissées sans réponse, de bouteilles de gin vides, de chaussettes dépareillées, d'organes, de poils dans le nez et les oreilles), la nostalgie désespérée, commune à l'espèce, d'une ultime simplicité préservée dans la glace. Cet être en pleurs, il le voyait très clairement — sorte de sylphe à la Blake, observateur d'une folle innocence écrasé sous le faix de l'*extension*, où la dyspepsie et l'inflammation des gencives se distinguaient à peine des péchés et folies passés — l'extension, oui, ce sanglant tas de merde de la multiplicité (autrement dit grosso modo l'agglomérat urbain au sein duquel je vis) auquel il aurait bien voulu mais en vain échapper. Il me faut absolument un Très Bien. La naïveté pure et atroce de ces mots ! Qui diable au monde ne mourait pas d'envie de décrocher un Très Bien ?

Il n'était que onze heures trente. Il entra dans la salle de bains et, mêlant crème à raser et larmes mal séchées, se rasa. Se rasa en se coupant et, à la façon des hommes vieillissants, en laissant çà et là des enclaves de poil. Puis, traînant les pieds jusqu'à la table de travail, il conjura saint Augustin.

Venant d'Afrique il entre à grands pas,
royal
Dans sa robe effrangée tissée de clair de
lune,
Et sentant bon la nuit et les pommes
volées
Mais autrement astre de feu prêt à
châtier,
Disant : Montrez-le-moi, cet homme des
mers froides,
Qu'au moins je le sermonne si son hérésie
L'exige, et d'abord cette hérésie quelle
est-elle ?
En se frottant les mains un prêtre fleurant
l'ail
Vers le grand Africain au visage solaire
Leva son teint d'olive et dit d'un ton
pleurard :

Que ce soit hérésie nul n'en doute,
Seigneur,
Mais on ne lui a pas encor trouvé de
nom.
Lors Augustin : Il faut un nom à toute
chose,
Sinon tout changerait et fuirait comme
sable
Entre les doigts. Non, rien n'a vraiment
d'existence
Tant qu'il n'a pas de nom. Adoncques
nommez-la
D'après cet homme de la mer, puisque
Pélage
L'appelle-t-on. Sur quoi voici : l'hérésie
fut.

Pourquoi ne pas écrire un jour, songea soudain Enderby, la saga d'une dentition humaine : l'Odontiade ? L'idée venait de surgir avec l'image du saint évêque sermonneur d'Afrique, dont il voyait nettement les trente-deux dents, éblouissantes de santé, jeter leur double éclat d'ivoire (l'un en haut, l'autre en bas) tout en grinçant sur les sonorités argentées et latines de la condamnation. L'Odontiade, chronique poétique en trente-deux livres d'une décadence dentaire. L'idée le surexcitait à tel point qu'il en ressentit une violente fringale, prématurée et certainement imméritée. Morigénant sévèrement son estomac qui grondait, du calme monsieur du calme, il se remit au travail.

Parut Pélage, pâleur nordique et fraîcheur
D'étés anglais, qui dit en son latin
breton :

Le Christ a pris sur lui la faute originelle,
L'héritage d'Adam avec la pomme sure
Restée dans notre gorge (et sous son cuir solaire
Saint Augustin rougit). Ce par quoi, monseigneur,
L'homme fut délivré et vit tomber de lui
Les chaînes du péché. Libre il est de choisir
De faire bien ou mal, sans la plus petite ombre
De prédestination, maître absolu des voies
De son humanité. Si bien que son effort
Oui, seul son propre effort, et non pas l'arbitraire
D'une grâce divine accordée par caprice,
Peut lui ouvrir le Ciel, et lui permettre même
De le faire, son Ciel, libre à lui s'il le veut.
Lui déniez-vous sa liberté ? Dénieriez-vous
La volonté de Dieu, par sublime bienfait,
De laisser aux humains le choix de l'offenser ?
Concevez-vous plus grand amour que d'accorder
A la créature le droit de détester
Son créateur, préférant ainsi de l'amour
Les plus âpres chemins, mais toujours agissant
(C'est le point essentiel) en toute liberté ?
Il dit et sa parole avait la fraîcheur d'un climat
Où l'on n'a pas besoin de prier pour la pluie

Tant la moisson y tient la promesse du grain,
Vert pays où le Dieu mystérieux de l'Afrique
Demeure un étranger

Inutile. La faim le tenaillait. Tout gargouillant, il alla à la cuisine et considéra le désordre de ses réserves dans les placards. Il ne tarda pas à s'asseoir devant une assiette fraîchement lavée et une portion de ragoût de la veille réchauffé (paleron, oignons, carottes, pommes de terre, le tout bien relevé de HP et d'un bon petit filet ou deux de sauce au chili) cependant que, sur la flamme, frémissaient d'une part, dans une surabondance de graisse tiède, le contenu d'un plein paquet de pommes gaufrettes et, dans une autre casserole, des tranches d'une viande de conserve spongieuse — *Mensch* ou *Machin* disait à peu près l'étiquette sur la boîte. L'eau pour le thé chauffait dans la bouilloire.

Paisiblement assis, détendu, savourant déjà par anticipation et non sans un certain plaisir les bonnes choses qui mijotaient, Enderby eut la surprise de ressentir un spasme soudain que ne pouvait justifier entièrement la dyspepsie : douleur obscène qui, d'abord violente et aiguë au sternum, remonta péniblement jusqu'à la clavicule gauche pour, de là, retomber en cascade dans le haut du bras gauche comme une poignée de lourdes pièces de monnaie. Il en fut épouvanté, scandalisé — qu'avait-il fait pour mériter cela ?... Curieusement, une image du visage de Henry James, semblablement épouvanté mais de façon plus patricienne en quelque sorte, flotta un instant devant ses yeux. Puis nausée, sueur, et douleur vraiment très cruelle prenant entièrement possession. Que diable faisait-on en pareil cas ? Le ragoût entamé dans l'assiette ne lui fournit pas la réponse — sauf de lui ôter toute envie de manger. Où ai-je déjà lu cela... nuit de ce jour inquiet qu'on appelle je ne sais plus quoi. Ah oui, la mort. Il allait mourir. C'était ça l'histoire.

Gémissant et maudissant l'injustice de la chose, il revint en chancelant dans la pièce de séjour (éternel ?). La mort. Il était capital de savoir de quoi il était en train de mourir. Était-ce de ce qu'on appelle une crise cardiaque ? Il s'assit dans l'inconfort d'un fauteuil et vit la douleur dégoutter de son front sur le sol. Sa chemise était trempée. C'était vrai qu'il faisait une chaleur à crever. Il avait énormément de mal à respirer. Il essaya de bloquer son souffle ; mais son corps, malade comme il l'était, ne voulait rien savoir. Contraint de s'emplir vivement les poumons, il sentit la douleur reculer. Pas question de mourir, donc. Pas encore. Simple avertissement. Est-ce qu'on ne dit pas qu'il y a un nombre réglementaire de crises, avant la toute dernière ? Ce signal d'alarme qu'on tirait, c'était pour le mettre en garde contre quoi ? Le tabac ? La masturbation ? La poésie ?

Il renifla dans l'air une odeur de fumée. Curieux — était-ce encore un symptôme, l'indice d'un dysfonctionnement du système olfactif ou quelque chose de ce genre ? Mais non, c'était cette saleté de nourriture qu'il avait oubliée et qui était en train de brûler. A petits pas il regagna la cuisine et éteignit tout. Il n'avait plus très faim.

QUATRE

Enderby sortit de l'appartement puis de l'immeuble même avec infiniment de précaution, comme si la mort, ayant promis une fois de se présenter sous une certaine forme, avait fort bien pu (avec la vacherie qui caractérise plutôt d'ordinaire la vie) en emprunter maintenant une autre. Il s'était soigneusement enveloppé pour se défendre contre le froid de février ou ce qu'il prenait pour tel. Regardant par la fenêtre de son douzième étage, il avait vu des bonnets de fourrure (à se croire à Moscou), mais aussi des trottoirs balayés de soleil et de vent. Temps bilieux, donc. Il avait mis son vieux béret, des gants de laine et une sorte de pardessus Belle Époque aux formes pétrifiées, legs de son vieil ennemi Rawcliffe. Mort depuis longtemps, Rawcliffe. Mort de mort sanglante et fécale, un vrai gâchis, et aujourd'hui, pour citer un de ses poèmes, le seul ou presque qui lui fût vraiment personnel, il reposait, vidé de tous ses sels minéraux par un sol étranger. Bref, il en avait fini avec la mort. En un sens il avait de la chance.

Peut-être la vie posthume valait-elle mieux

que l'autre, la vraie. Enderby? Comment donc, si je me souviens de lui! Drôle de type. Mangeur, buveur, coureur, ah là là les aventures qu'il a pu avoir à l'étranger! Oui, on pouvait continuer à vivre sans s'emmerder à être encore en vie. Le personnage qu'on était *avant* s'estompait, se fondait avec ceux d'autres défunts, plus spirituels, plus beaux, d'autant plus vicaces eux aussi maintenant qu'ils étaient morts. Et puis il y avait l'œuvre qu'on laissait, bonne ou mauvaise, mais trompe-la-mort de toute façon. *Aere perennius*, non, ce n'était pas stérile vantardise, même pour le plus minable des sonnetiers dans l'esprit duquel la Muse eût jamais lâché un pet d'inspiration. L'ennui, ce n'était pas la mort, c'était l'agonie.

Enderby portait aussi (ou était en partie porté par) une canne très singulière. C'était une canne-épée, également héritée de Rawcliffe. D'après ce que comprenait Enderby, en Amérique il était illégal de se promener avec cet objet; il était classé arme déguisée prohibée; ce qui représentait bien la pire des saloperies d'hypocrisies qu'il eût rencontrées dans ce pays de tartufes où tout le monde a un pistolet. Il n'avait pas eu d'occasion d'utiliser la lame de sa canne, mais cela faisait du bien de savoir qu'on avait ce recours dans ces rues malsaines, pareilles à des pansements pleins de pus enroulés autour de la plaie infectée de l'université où il travaillait. Car il n'est pire corruption que celle des élites (comment en un plomb vil l'or pur, etc.). Ce qui naguère encore était un centre de pur savoir n'était plus maintenant qu'une maison close de progressisme et d'abdication intellectuelle. Pas question de ne pas passer tous leurs désirs à ces gosses, puisqu'on était en démocratie, comme on disait. Donc : cours de psychocuisine (comprenne qui voudra), et de pétromusicologie (autrement dit : les résidus de l'adolescence érigés en art), sans compter l'histoire de la traite des Noirs et les innombrables subdivisions de cette discipline nommée sociologie. On crachait sur le passé et l'on ne tarderait pas à en faire autant pour l'avenir, puisque celui-ci, à son tour, se changerait assez vite en passé.

L'ascenseur déposa tristement Enderby dans un hall doté d'une panoplie d'écrans de télévision sur un mur, chaque chaîne déroulant un programme différent mais où personne ne manifestait le moindre penchant à la violence ou à l'effraction, sans doute à cause de l'heure peu avancée et de la température trop basse. Sur une chaise, un Portoricain, vêtu de l'uniforme dessiné par M. Schwarz (du comité de police de l'îlot), serrait doucement contre lui une mitraillette. Il salua Enderby en portoricain et Enderby lui rendit la pareille en tangitan. Question : quelle est aujourd'hui la capitale de l'espagnol ? Sûrement pas Madrid. Et de l'anglais ? Certainement pas Londres. Enderby, poète britannique. Exact, mais risible en un sens. Wordsworth, poète britannique. Risible en un tout autre sens. Quand Wordsworth parlait d'un berger britannique, comme c'est le cas quelque part dans un de ses poèmes, il avait dans l'esprit l'image confuse et vague d'un Celte.

Dehors, dans le froid, prudemment, Enderby, s'appuyant sur sa canne-épée, prit la direction de Broadway. Il avait deux cours dans l'après-midi, et il se demandait s'il était à la hauteur de l'un comme de l'autre. Le premier était en fait une conférence *ex cathedra* au cours de laquelle, régulièrement, il enseignait, racontait, informait en termes peu orthodoxes. Thème : les auteurs mineurs du théâtre élisabéthain — matière qu'aucun professeur en titre de la Fac de Lettres n'était ni enclin ni, autant que l'on en pouvait juger, apte à traiter. Ce jour-là, il devait aborder...

A l'angle de la 91e rue et de Broadway, il s'arrêta net, consterné. Il avait oublié. Mais c'était à croire qu'il n'avait jamais su. Il y avait un trou dans la partie de son cerveau qui s'intéressait au théâtre élisabéthain, mineur aussi bien que majeur. Était-ce la conséquence de sa brève crise cardiaque ? Il n'avait pas de notes, dédaignait de s'en servir. D'ailleurs tout le monde s'en fichait. Moyen comme un autre d'attraper une mention Très Bien. Il continua dans Broadway, vers la bouche de métro de la 96e rue, s'efforçant désespérément de conjurer les ombres d'Élisabéthains mineurs — d'hommes qui se ressemblaient tous et étaient morts jeunes, rufians à barbe noire, à fraise et à boucles d'oreilles. Se procurer absolument un livre sur... Pas le temps. Ah... voilà que ça revenait ! Dekker, Greene, Peele, Nashe. Manquaient les prénoms, mais n'importe. Quelles pièces ils avaient écrites ? *La fête du cordonnier, La comédie plaisante du vieux Fortunatus, La putain honnête.* Laquelle de ces canailles vérolées avait écrit ces pièces, et de quoi diable y parlait-on ? Enderby sentit son cœur se préparer à s'arrêter, ce qu'il était évidemment hors de question de lui permettre.

L'autre cours ne posait pas de problème. Discipline : Création littéraire. Dans la poche intérieure de sa veste il avait un certain nombre de spécimens des poèmes atroces qu'écrivaient ses étudiants. Mais quant à la première séance... du calme, du calme. L'important était de ne pas se raidir sa volonté, de ne pas se bloquer la cafetière, de se tenir peinard, comme on disait— tous termes très vagues.

Parvenu à la bouche de métro et se mouvant toujours avec prudence parmi une cohue de gens se parlant à eux-mêmes, d'impudents, d'individus offrant tous les signes de la drogue, et dont mieux valait penser que leur présence à tous était principalement destinée à bien montrer l'étendue du spectre des pigmentations, il remarqua avec un mélange de profonde tristesse, d'atterrement, d'orgueil, de honte, d'horreur, d'amusement et autres sentiments apparentés, que *Le naufrage du "Deutschland"* passait à présent au cinéma Symphony. La bouche de métro de la 96ᵉ rue, à laquelle il était parvenu, est située en fait à l'angle de la 93ᵉ rue. Pour avoir une meilleure vue du matériel publicitaire du film, il s'approcha, avec l'assistance de sa canne, de l'orifice matriciel ou peut-être sororofraternel, et fut en mesure d'embrasser du regard une affiche familière, criarde et qui étalait une religieuse à demi nue sous la flagellation du flot amer aux cuisantes lanières, ses lèvres carminées exhalant évidemment le râle de l'orgasme. Aussi deux médaillons : dans l'un, des tueurs en uniforme à la croix gammée s'apprêtant à violer cinq sœurs d'un ordre à cornette, parmi lesquelles, se distinguant par sa haute taille, Gertrude, liliale ; dans l'autre, le Père Tom Hopkins, S.J., priant désespérément, après, semblait-il, s'être arraché à son bain tout exprès à cette fin. A ce spectacle, Enderby sentit son cœur sur le point de réagir plutôt à la façon d'un estomac, et il s'enfuit, aimant encore mieux les enfers sordides du métro. Un grand Noir en sortait justement, enveloppé d'un poncho et coiffé d'un chapeau de cow-boy ; il ne dit rien de bon à Enderby.

L'enfer, songeait Enderby un peu plus tard, assis dans un wagon du métropolitain qui l'entraînait vers les quartiers bourgeois de la ville. Parce que nous sommes trop cérébraux, trop intelligents, trop humanistes pour croire à l'enfer, est-ce une raison pour qu'il n'ait pas le droit d'exister ? S'il y a un Dieu, qu'est-ce qui l'empêcherait de se soulager de l'amour quasi insoutenable qu'il ressentirait pour la majeure partie de sa création (sur des planètes comme, disons, Turulura 15a, Baa'rdnok et Juriat) en torturant jusqu'à la fin des temps les habitants de 111/9 Tellus 1706 defg. Un rien de piment dans la sauce — pourquoi les divines papilles n'y auraient-elles pas droit ? A moins que ce ne soit manière d'expérimenter, histoire de voir jusqu'à quel point il peut lui-même endurer d'infliger la torture. Après tout, il a en quelque sorte des devoirs, de son côté, envers l'infinie diversité de son super-sensorium. Hamlet était, certes, dans le vrai. Mauvais pour la volonté et rend l'homme plutôt... Cette petite virée dans le métro, surtout avec les longs et inexplicables arrêts entre les stations, était un assez bon simulacre en miniature de la suprême détresse — démons en puissance, à peau noire ou cuivrée, prêts à voler, suriner, violer, avec leur signature peinte au pistolet sur les parois et les sièges, mais jamais non jamais sur les publicités (ces saintes écritures de la loi infernale) : JÉSUS 69, SATAN 127, TARZAN EST DE RETOUR.

Sortant du métro pour continuer à pied dans les rues défigurées et gorgées de déchets humains et autres, de désaffections et de merdes de toutes sortes, il eut conscience d'une bouffée soudaine et plutôt inattendue de bien-être. A croire que ce fameux spasme qu'il avait eu à l'heure du déjeuner avait balayé des humeurs noires, d'ordinaire inaccessibles à la sombre potion chinoise. Tous ses souvenirs sur le théâtre élisabéthain mineur lui revenaient, sous la forme, toutefois, d'une gigantesque affiche de film, avec un Shakespeare broyant du noir au centre. Mais les seconds rôles étaient présents, bien en place et en clair : George Peele, à la main un exemplaire du *Conte des vieilles épouses* et chantant dans une bulle Ma courte-queue, ma belle courte-queue bien mûre ; le pauvre Robert Greene et sa cirrhose, conjurant les très chers frères Bacon et Bungay ; Tom Nashe, dit Fanfan l'Intuition, alias Les Clartés Célestes ; d'autres, y compris Dekker mangeant une crêpe. Parfait, parfait, donc. Minute, pas si vite... et les autres autres ? Anthony Munday, oui, oui, mauvais torcheur de pièces, peut-être, mais qui avait existé, indéniablement. Plowman ? Un titre au théâtre avec *Un prêtre au bordel ?* Deverish ? *La puissance de l'Angleterre ou Les triomphes de Gloriana ?*

Foulant aux pieds ou dispersant une nuée mobile de tracts protestataires froissés, de feuilles desséchées et de boîtes de bière vides, il entra, admis de mauvaise grâce par un Noir en uniforme de la police et prit le chemin familier de la chapelle officiellement désaffectée et désormais aménagée en salles de cours cloisonnées. Le cœur battant fort, mais de façon nullement inquiétante, au contraire ou presque, il pénétra dans l'espace qui lui était réservé (avec à peine plus de cinq minutes de retard) pour y trouver sa vingtaine d'étudiants l'attendant. Il y avait des Chinois, des Hébreux au crâne calotté, une jeune fille de la Côte (du Pacifique) offrant un piquant mélange de Noire et de Japonaise, un Irlandais bouffi de bière et surmonté de chaume roux, une exquise nymphe latine et une espèce de je-sais-tout et de gros malin, membre de la nation kickapoo. Debout, il les regarda vaguement. Étalés sur leur siège, mangeant leur casse-croûte, buvant leurs boissons en boîte et fumant leur marie, ils lui retournèrent son regard. Il se demanda s'il devait ou non s'asseoir derrière la table sur laquelle on avait tracé à la craie EMPAFFÉ. Je plaide une légère indisposition aujourd'hui, mesdames et messieurs. Non, il les affronterait debout. Ce qu'il fit. La belle affiche élisabéthaine s'évanouit dans l'instant. Il resta bouche bée. C'était le grand vide, à part l'imagination semblable à une colonie de termites en déroute. Il dit :

— Aujourd'hui, mesdames et messieurs, poursuivant notre survol inévitablement superficiel des auteurs mineurs du théâtre élisabéthain...

La porte s'ouvrit : un garçon et une fille, pâles et essoufflés de s'être manipulés à la hâte dans le couloir, entrèrent en se reboutonnant. Ils s'assirent, le regardèrent, pantelants.

— Venons-en à...

A quoi, bon Dieu ? Ils attendaient ; lui aussi. Il alla au tableau noir, effaça des rudiments de grammaire anglaise. Au bout de ses doigts crispés la craie qui tressautait se brisa net. A sa stupéfaction il écrivit un nom : GERVASE WHITELADY, et ajouta, à sa surprise et à sa peur encore plus grande, les dates : 1559-1591. Il se retourna en tremblant et vit que la plupart des étudiants notaient ces indications sur des bouts de papier. Impossible de reculer : le bougre avait beau ne pas être né, il fallait à tout prix qu'il eût existé.

— Gervase Whitelady, reprit-il du ton le plus naturel et presque avec une pointe d'ennui (la sorte d'ennui qui sied aux allusions à un nom si connu entre érudits que c'est en écœurant), ce n'est pas un grand nom... C'est même un nom, dirais-je, que certains d'entre vous n'ont probablement jamais entendu prononcer...

Mais le Kickapoo omniscient, lui, en avait entendu parler, et comment ! Il hochait la tête d'un air vigoureusement supérieur.

— Quoi qu'il en soit, nous ne pouvons nous permettre de négliger son œuvre, telle quelle. Whitelady était le second fils de Giles Whitelady, lequel était lui-même écrivain public. La famille s'était installée à Pease Pottage, non loin de la ville côtière appelée de nos jours Brighton. Ses membres étaient de fidèles soutiens de la secte des Moabites, qui ressortissait à une crypto-réforme de l'Église chrétienne datant de l'époque lointaine de Wyclif.

Il promena son regard sur cette bande de jeunes salopards totalement dénués de curiosité.

— Pas de questions ?

Pas de question.

— Bon, parfait.

La main du Kickapoo jaillit comme l'éclair.

— Oui ?

— Whitelady, c'est bien celui qui a collaboré avec... comment s'appelait-il, déjà ?... C'est pas Mayburnes ? Vous savez bien, ils s'y sont mis à deux pour écrire une comédie, j'ai oublié le titre...

Futé, très futé, ce jeune con de Peau-Rouge. Jamais on n'aurait dû lui permettre de sortir de sa réserve. Enderby n'allait pas laisser passer ça.

— Vous êtes sûr que c'est bien Mayburnes, monsieur heu ?...

— Je m'appelle Daim-Bondissant, monsieur. A moins que ça ne soit Mapine, le gars en question ? Faut dire que les Britanniques sont forts pour les noms dingues.

Enderby le considéra longuement.

— Les dates de Richard Maybur, dit-il, et veuillez noter que c'est *bur* et non *burnes*, soit dit en passant, heu, hum...

Je t'en foutrais, du Daim-Bondissant. Un de ces jours, il faudrait qu'il se décidât à examiner un peu les formulaires d'admission que ces belles jeunesses étaient censées remplir et remettre. Il reprit :

— Les dates de Maybur sont : 1574-1619. Il aurait eu du mal à collaborer avec, hum...

Il vérifia le nom sur le tableau noir :

— Whitelady, hum, ou alors il lui eût fallu être une sorte d'enfant prodige, ce qui, hum, n'était pas le cas, je puis vous l'assurer.

Il brûlait maintenant d'en dire plus long sur ce Maybur, dont la carrière et même les linéaments physiques s'offraient avec une clarté inouïe à une annexe de son cerveau, toute neuve et bâtie, il en aurait juré, entre le moment où il avait eu sa crise cardiaque et l'instant présent.

— Ce que l'on sait avec certitude à propos de Maybur, dit-il, débordant d'énergie et d'assurance, c'est, hum, qu'il a joué un rôle décisif dans l'heureux dénouement de la rébellion d'Essex contre la reine Elisabeth.

Enderby tressaillit en voyant la main de la jeune fille qui était entrée un peu plus tôt en compagnie de l'autre espèce de lascar hypersexué, lui-même encore mal remis de ses émotions — la main de cette jeune fille, donc, se lever soudain, signe avant-coureur de la question qui fusa aussitôt :

— Heureux pour qui ?

— Pour, hum, tous les intéressés, assura, hum, Enderby. Fait assez courant dans l'histoire — d'Angleterre, bien entendu — telle que Vous-savez-qui se l'est appropriée en la, hum, dramatisant plus ou moins commodément.

— Moins pour qui ?

— Pour, hum, les intéressés.

— Ce qu'elle veut dire, intervint l'étudiant irlandais bouffi de bière et surmonté de chaume roux, c'est qu'hier soir on a passé le film à la télé. Vous savez, la toute, toute dernière émission, très tard ou très tôt : « Rendez-vous avec le Génie. » *Richard Deux*, c'est comme ça que Bette Davis l'a appelé.

— *Elisabeth et Essex*, corrigea la fille reboutonnée. Il rate son coup et elle lui fait trancher la tête, mais elle pleure parce que c'était une Cruelle Nécessité.

— Le sens des explications du professeur Enderby, dit le Kickapoo, c'est que la chronique n'est qu'un tissu de mensonges. Il y a réellement eu un roi de Grande-Bretagne qui a régné sous le nom de Robert Premier, déguisé en reine.

Enderby le regarda amèrement et dit :

— Est-ce que vous essaieriez de ?... *Est-ce que vous me cherchez ?*

— Pardon ?

— Données essentielles, s'il vous plaît ? dit un jeune talmudiste, crayon à ses marques et prêt à s'élancer sur le papier. Ce Whitelady ?

— Qui cela ? Ah, oui.

— Œuvres et tout.

— Et tout, oui, dit Enderby avec un regain d'énergie. Ah, oui. Un long poème sur un thème classique : l'amour de, hum, Hostus pour Primula. Le titre, non, le héros et l'héroïne, veux-je dire, sont éponymes.

Il avait distinctement la vision d'une première édition de ce foutu poème, avec la page de titre et son horrible mélange de corps de caractères, ses nymphes grasses gauchement dessinées, son tampon rond spécifiant : Bibliotheca Chose ou Machin.

— Exemple de sa poésie, poursuivit-il hardiment :

Lors dans les champs thaliens tout de lune dorés
La nymphe cède et ploie, hum, gerbe enfin dénouée,
Le cri de la hulotte émeut de joie la nuit,
De joie blonde Cynthie doublement resplendit,
Les lapins réveillés dans leurs terriers, hum, herbeux
Simulent à l'envi leurs transport amoureux.

— Mais c'est très beau, dit la très belle nymphe latine, pas du tout grasse, fort bien dessinée et depuis longtemps dénouée.

— De la merde, énonça le talmudiste. Les transports amoureux *de qui ?*

— D'eux, voyons, dit Enderby. De Primavera et de, hum, son amant.

— Les œuvres dramatiques sont au nombre de six, dit le Kickapoo, si mes souvenirs sont exacts.

— De sept, répliqua Enderby, si l'on compte celle, très longue, que l'on a attribuée à, hum, Cassburett...

— Encore une de vos dingueries de noms britanniques.

— ... mais aujourd'hui assez définitivement reconnue comme étant surtout l'œuvre de, hum, l'auteur en question, hormis un acte et demi de la main d'un inconnu.

— Qu'est-ce qu'on en sait ?

— Parole d'ordinateur, dit vaguement Enderby. Un de ces oracles cybernétiques, vous savez, au Texas ou ailleurs.

Au point où il en était, il se rendait compte assez clairement qu'il était bon pour l'abattoir. Ou plutôt, non, non, laisse tomber. C'était intolérable.

— *Quelles* œuvres dramatiques ? demanda le voisin du talmudiste.

C'était le Chinois, jeune, petit, gai, tout rond, peut-être aide-cuisinier à ses moments perdus, ou la plupart du temps si c'étaient là ses moments perdus.

— J'y viens. (Cela dit avec une belle vivacité.) Notez, je vous prie. *En veux-tu encore, charmante maîtresse ?* — comédie, donnée par les Comédiens du Comte d'Essex, 1588. *La tragédie de Canicula*, jouée par les mêmes, même année. L'année d'après, *La chronique de Lambert Simnel*, représentée à la Cour pour les fêtes de la Quinquagésime. Ensuite, nous avons... voyons un peu...

— Où peut-on se les procurer ? s'enquit d'un ton mi-figue mi-raisin la Mélanésio-nipponne. Sinon, quel intérêt ? Je veux dire : si on n'a que les titres.

— Elles sont introuvables, riposta le fougueux Enderby. Épuisées depuis longtemps. Ce qui est important pour votre propos, c'est que vous sachiez que Cassburnes, non, Whitelady, c'est-à-dire, a bien existé...

— Mais qu'est-ce qui nous le prouve ?

Il y avait une double hérédité de solide entêtement chez cette jeune métis de la Côte.

— Les chroniques, dit Enderby. Consultez les livres qu'il faut. Servez-vous de la bibliothèque, elle est faite pour cela. On ne saurait trop souligner l'importance de, hum, cet auteur, pas plus que de son apport au monde d'expression en question, dans la mesure où il a exercé une influence. Car c'est un fait que l'on retrouve sa cadence dans les premières pièces de, hum...

— Christobal Marlou, dit le Kickapoo qui, maintenant, loin de ricaner et de refuser d'entrer dans le processus de la création, s'y donnait à fond, à en suer ou presque.

Enderby songea qu'il pourrait toujours raconter qu'il avait voulu tâter d'une nouvelle matière : la création historico-littéraire. Rien n'empêcherait même personne d'écrire des articles à ce sujet : *De l'emploi du monde imaginaire comme alternative à l'enseignement de la littérature.*

Quelqu'un lança :

— Exemple ?

— Qu'à cela ne tienne, dit Enderby. Dans la scène d'ouverture de *Serviteur et bonjour messeigneurs petits maîtres*, se trouve un monologue placé dans la bouche d'un personnage secondaire qui s'appelle Fitzdeputt. Autant qu'il m'en souvienne, le texte dit à peu près ceci :

Ainsi passe le monde au tic-tac de l'horloge
Au mur de cet ailleurs d'infinie nudité,
Serais-je ici venu pour prêter une oreille
Aux mœurs, aux modes, aux orgies de cette ville
Dans l'espoir d'y passer maître en canaillerie.
Ah, que vil est ce monde où la fille de joie,
La mère maquerelle, le voleur à la tire,

Le larron, le tricheur et le pipeur de dés
S'engraissent puissamment, cependant que transi
L'étudiant affamé n'a pour se réchauffer
Que la flamme éthérée dont se nourrit l'esprit.
Oui-da, dirai-je donc, si me voici venu
C'est bien pour m'enrôler dans la canaillerie,
Mais taisons-nous, on vient. En vérité, pardienne,
Voici matière à m'exercer. Bonjour, mon maître,
Serviteur, je t'en prie, si tu me donnes l'heure —
« Vous » sans doute serait plus conforme à l'usage ;
Pardon si rustre était la familiarité,
Mais je ne connais rien à ce joli savoir
D'urbanité des rues et des places publiques
Propre aux grandes cités...

ou quelque chose dans ce goût-là, en tout cas, dit Enderby. Je peux continuer, si vous le désirez. Mais a la longue c'est un peu ennuyeux.

— Si c'est ennuyeux, dit la voix de la rousse Irlande, qu'est-ce qu'on a à en faire ?

— Pourquoi parler de son influence, alors ? se plaignit une autre voix.

— On peut avoir de l'influence et être ennuyeux, dit le Kickapoo.

— Mort à trente-deux ans, dit Enderby, après avoir vérifié les dates sur le tableau noir. Dans un duel ou du mal français ; à moins que ce ne soit d'une orgie de harengs et d'oignons marinés dans le vinaigre et accompagnés de poivre vert et de bière sure. Sans oublier la peste. Sauf erreur, 1591 fut une assez rude année pour ce qui est de la peste.

Il crut voir Whitelady lever vers lui des yeux suppliants, ombre blême parmi les ombres, quêtant une bonne épitaphe.

— C'était une nullité, dit brutalement Enderby, le visage grimaçant comme sous une grêle de coups. Autant l'oublier à l'égal de tant d'autres poètes inconnus, méprisés par la Muse parce qu'ils n'ont jamais proprement maîtrisé leur art.

Tout le bagage du théâtre élisabéthain était maintenant rangé devant lui en piles bien nettes, défantasmagorifié par l'addition de fictions. Il savait à quoi s'en tenir sur ce qu'on y trouvait et n'y trouvait pas. Ce Whitelady n'était pas dans le tas. Et pourtant si, en un sens — il n'y avait qu'à voir ce visage en coup de faux et ces yeux hantés qui le regardaient.

— L'important, reprit Enderby, est d'arriver à naître. C'est un droit. Mais la vie, elle, n'est pas un droit, sinon il faudrait la quantifier. Combien d'années ? Soixante-dix ? Soixante ? A cinquante-deux ans Shakespeare était mort. Keats, à vingt-six ans. Thomas Chatterton, à dix-sept ans. Vous, là, à combien d'années estimez-vous avoir droit ? demanda-t-il au Kickapoo.

— Autant que je pourrai en attraper.

— Voilà ce que j'appelle une bonne réponse, dit Enderby avec conviction — plus de conviction qu'eux, à ce stade de leur croissance, n'auraient certainement pu en mettre.

Tout à coup il se sentait près de pleurer de tendresse et de pitié pour ces pauvres orphelins manipulés par des brutes de gouvernants et par des fabricants de boissons sucrées qui les empoisonnaient et leur rongeaient les dents, ou par ce colonel sudiste et barbu qui vous faisait une vertu de lécher vos doigts dégoulinants de sa graisse de poulet, et dont le visage se substituait un instant aux traits angoissés de Whitelady. Schmalz et Chutzpah. Ces deux noms lui dansaient devant les yeux, comme sortis droit du Deutéronome. Noms de qui ? D'hommes de loi ? De sauces en bouteille ? Il dit :

— La vie est sensation, laquelle inclut la pensée, avec la sensation d'être ressentant, qui devrait suffire à mettre un terme à vos sottes inquiétudes concernant l'identité. L'identité, bon Dieu, ce n'est pas ce qui manque à Whitelady. Ce qui lui manque et lui a toujours manqué, c'est la sensation d'être ressentant. Rien, absolument rien, n'empêche d'inventer des êtres meilleurs et plus intelligents que nous.

Aere perennius... ah, comme son erreur lui apparaissait clairement !

— Ce qu'on ne peut inventer, reprit-il à l'adresse directe du couple qui était entré en retard, c'est ce que vous, et vous, faisiez ensemble tout à l'heure dans le couloir.

Le garçon devint très rouge ; la fille, elle, minauda.

— La douceur d'un sein de jeune fille sous les doigts... Une prunelle, succulence gavée sous calotte pelucheuse.

— Gourance, vous vous emmêlez dans les textes, dit le Kickapoo.

— Oui, dit Enderby, épuisé. Oui.

Et puis, dans un abîme de découragement, il vit qui était Whitelady. Il cligna de l'œil droit et, simultanément, l'autre, en face, en fit autant du gauche.

CINQ

Après son cours sur Whitelady (que je perde mes cinq sens, ne cessait-il de se répéter, et je deviens un personnage de fiction) Enderby se mit en route à petits pas, conscient d'une sensation de légèreté dans le côté gauche de la poitrine, comme si à la place de son cœur (pas le vrai, mais celui de la tradition populaire non clinique) il y avait eu un vide. Ainsi donc la sensation pouvait mentir ? Et où cela le menait-il ? Ses pieds le guidèrent au milieu d'une manifestation plus ou moins convaincue contre ou pour le renvoi de quelqu'un ; en signe de protestation une fille se déshabillait, présentant ses seins bleuis au froid après-midi de février et au long bâtiment bas qui abritait la Faculté des Lettres. Devant la porte du bureau qu'il partageait avec le professeur adjoint Zeitgeist (ou un nom dans ce genre) des étudiantes noires attendaient évidemment ce dernier et trompaient leur patience avec les frénésies musicales d'un transistor à plein volume. Enderby dit gentiment :

— Vous seriez très aimables d'arrêter ce truc. J'ai du travail.

— Sans blague, papa ? T'as qu'à t' t'ouver un aut' coin.

— Tout de même, c'est mon bureau, fit observer Enderby avec un sourire, cependant que son cœur commençait à battre le tambour. Et après tout, il s'agit de la Faculté des Lettres d'une université.

Puis :

— Je vous dis d'arrêter cette saloperie.

— Va t' fai' enculer, papa.

— T'es qu'un g'os tas de me'de, papa.

Capitulation. Que faire ? Giflez ces petites garces à peau noire ? Se souvenir de la longue servitude de leur peuple et s'incliner humblement ? L'une d'elles se livrait à une petite danse du rut improvisée sur le rythme du vacarme. Enderby gifla la petite garce noire sur son chat. Non, il se contint, il n'eût osé. La presse en eût fait ses manchettes le lendemain. Et quelle bagarre aux Nations unies ! Sans compter que les types avec qui elles couchaient l'eussent suriné. Il dit, toujours souriant, la rage bouillant en lui jusqu'à lui brûler au vif l'intérieur :

— Capitulation de l'autorité. Ce genre d'expression figure-t-il dans votre petit manuel élémentaire d'anglais à l'usage des Noirs ?

— Bip bip, *old boy*, dit une de celles qui ne se trémoussaient pas, en imitant assez bien l'accent britannique. Fous-nous la paix avec tes conne'ies, papa.

— Va t' fai' enculer, papa. T' es qu'une pauv' me'de.

Il restait une arme à Enderby, dont il n'usait guère par les temps qui couraient. Il rassembla tous les vents disponibles dans son corps et, la bouche large ouverte, leur laissa libre cours.

Rarkberfvrishtkrahnbrrryburlgrong.

L'effort faillit le tuer. En chancelant il pénétra dans le bureau, aperçut du courrier sur sa table, s'en saisit et ressortit du même pas mal assuré. Les jeunes Noires essayèrent, très ineptement, de lui renvoyer joyeusement son rot. Mais leur sens du rythme corporel l'emporta et le bruit devint une musique de tam-tam oral. La radio prit quatre secondes pour sauter d'une harangue vantant une saloperie à une publicité pour une autre saloperie — voix d'orgasme mâle finissant en beauté et gueulant exquis exquis exquis. Ô Pan perçante douceur.

Enderby entra dans le petit salon, vide à part les injonctions criardes du tableau d'affichage et un barbu qui lui adressa un regard complice. Il ouvrit son courrier, surtout composé d'invitations comminatoires à adhérer à une chose ou à une autre (FRÈRES DE LA BIORÉTROACTION GÉRONTOPHILIAQUES ANONYMES ROCKEZ POUR LE CHRIST NOTRE SATAN REVUE MENSUELLE DE THANATOLOGIE) et finit par tomber sur une coupure de presse qu'avait fait suivre, par inimitié semblait-il, son éditeur londonien. Cela venait du *Daily Window* et c'était, de la plume d'un rédacteur appointé, un nommé Belvedere Fellows dont l'image farouche et mafflue évoquait celle d'un vaillant capitaine au bord de la retraite conduisant la charge d'un pesant escadron, en l'occurrence les caractères épais du titre, c'était donc, un de ces discours aux lecteurs, du type courant : hardi-petit-tous-les-coups-sont-permis assez-d'insanités place-au-bon-sens-et-à-la-raison pleine-conscience-des-responsabilités-incombant-à-un-grand-organe-national. Enderby lut : *COULEZ "LE DEUTSCHLAND" !* Et, dessous :

Mes lecteurs n'ignorent pas que je suis un homme à qui la réalité ne fait pas peur. Ils n'ignorent pas non plus que je n'hésite pas à absorber sans broncher n'importe quelle sale tambouille cinématographique, afin de leur en rendre honnêtement et loyalement compte en les prévenant des dangers qui menacent leurs enfants par la faute d'un moyen d'expression voué de façon croissante, au nom d'une Société dite de Tolérance, à la nudité, à la sexualité, à l'obscénité et à la pornographie.

Donc, étant allé voir Le naufrage du "Deutschland", *je me sens contraint d'avouer que, bien avant la fin, j'ai dû me précipiter vers le bastingage. Mon compte était bon. Cette fois, c'en est bien fini de tous les critères de la décence. Kaput! Cette fois on y va bon train — ho hisse! — ad nauseam.*

Mais on a déjà tout dit des consternantes scènes de viol nazi ainsi que des nudités blasphématoires. Les coupables sont connus de nous : leurs oreilles, sourdes aux appels de la décence, ne bruissent que du froissement des billets de banque qui pleuvent dans leurs poches. Il est des canailles discrètes dont le nom ne parvient jamais jusqu'à l'œil du public dans tout le faux éclat d'une gloire criarde. Derrière l'image filmée se cache l'idée, se cache l'écrivain enfermé, parmi la fumée des cigarettes et les vapeurs de whisky, dans sa tour d'ivoire.

Eh bien, moi, je dis que ces gens-là doivent recevoir leur part du blâme. Je n'ai pas lu le livre qui a servi de base au film, et je n'en ai nulle envie. Toutefois, j'ai noté ce trait de mauvais augure : l'ouvrage ne figure pas au catalogue de ma bibliothèque de quartier. Cela dit, mes lecteurs n'apprendront pas sans horreur que l'auteur est un prêtre catholique. Voilà comme on pervertit le libéralisme de ce grand honnête homme qu'était le Pape Jean.

Je lance aujourd'hui un appel pour que l'on ouvre l'œil, au sens propre comme au figuré, sur le caractère ordurier des œuvres qui, aujourd'hui, se dissimulent sous le masque de la littérature, voire de la poésie. La tradition veut que la vocation de poète soit une excuse pour les excès de la licence — qu'il s'agisse de la lubricité de Dylan Thomas, des bravades d'ivrogne de Brendan Behan ou des perversions d'esthète d'Oscar Wilde. La vocation dite de prêtre servira-t-elle maintenant d'ultime excuse ? Peut-être le R.P. Enderby, de la Société de Jésus, désirera-t-il nous répondre ? Notre public ne manquerait pas de lui prêter une religieuse attention.

Enderby leva la tête. Le barbu continuait à le

regarder d'un air entendu, et ses lèvres bougèrent, modelant des mots. Enderby dit :

— Je vous demande pardon ?

— Je disais seulement : Ça *roule* toujours, Britannia ?

Enderby fut totalement incapable de trouver une réponse. Tous deux restèrent un long moment vissés l'un à l'autre par le regard, la mâchoire du barbu s'abaissant peu à peu, à mesure, comme si elle avait didactiquement descendu, degré par degré, l'escalier des voyelles palatales. Puis Enderby soupira, se leva et sortit pour se rendre à son cours de Création littéraire. Tel le Barde Aveugle, il alla, tâtant avec sa canne-épée à travers le froid sale et les petits groupes d'étudiants, et parvint à un bâtiment portant le nom de l'inventeur de toute une gamme de soupes en boîte : Liebe quelque chose. Au deuxième étage, jusqu'où il se déhala avec une lente prudence, il trouva ses étudiants, dix en tout, dans une pièce étouffante de chaleur et dotée d'une longue table de conférence détournée de son emploi. La petite Tietjens était là, chandaillée, noyée dans ses cheveux de noyée. Apparemment elle leur avait tout raconté, à en juger par la façon bizarre dont tous le regardaient. Il s'assit au haut bout ou bas bout de la table et tira de la poche intérieure de sa veste leurs œuvres. Il s'aperçut qu'il avait mis un *M* (pour *Médiocre*) à Mlle Tietjens ; de sa pointe-bille il changea cela en un *TB* assez alambiqué. Pour les autres ça irait comme ça. Plastique contre plastique, il tapota son dentier du bas avec son stylo-bille, tck tck, tcktck tck, TCK, regarda la petite bande, très débraillée dans l'ensemble, qui l'observait tout en prenant ses aises et en fumant ou en buvant des boissons postprandiales, et dit :

— La question de l'aspect vestimentaire me paraît s'imposer. Quand un poème donnait du mal à John Keats, celui-ci se lavait et passait une chemise propre. Le col raide, le nœud papillon et l'habit à queue de l'habitué des concerts conduisent à une tension de l'attitude propice à l'audition d'une musique complexe. L'officier britannique de la Coloniale se mettait sur son trente et un, même en pleine jungle, pour s'encourager à la discipline personnelle. Il n'y a pas de vertu fondamentale dans le confort. La détente est une bonne chose à condition qu'elle participe d'un processus de systole et de diastole. Elle intervient entre des phases de tension. L'art est essentiellement tension. L'ennui dans votre cas, c'est que votre, hum, art, hum, manque de tension.

Tous ils le regardaient, nullement tendus. Beaucoup portaient des noms qu'il se refusait encore, quant à lui, à prendre au sérieux : par exemple, Chuck Szymanowski. Son unique Noir se nommait Lloyd Utterage, appellation des plus raisonnables, comparativement. Il était très laid — ce qui était dommage et qu'Enderby regrettait profondément — mais il portait des vêtements d'une extrême beauté, taillés surtout dans des tissus pour couvertures aux couleurs ardentes, le tout couronné d'une tignasse en laine métallique d'allure cannibalesque. Celui-là était, oui, terriblement tendu, détail qui avait droit aussi à l'approbation d'Enderby, naturellement. Mais il regorgeait de haine et, cela, c'était assommant.

— Je ne me propose pas, dit Enderby en se tournant vers lui, de lire ici en entier votre poème, que l'on pourrait qualifier en quelque sorte de litanie de vilipenderies anatomiques. Il devrait suffire de deux strophes, dirais-je.

Il lut les deux strophes, sur un ton de détachement compassé.

Bientôt, ce sera la fête à tes roustons, sale pâlot,
Ah l'amoureux clic-clic taillant dans le scrotum
De vieux ciseaux à ongles si possible rouillés,
Et d'un seul coup tranchées tes couilles tomberont
Pour être aux pieds foulées aussi sec aussi sec.

Bientôt, sale pâlot, ce sera la fête à ton paulard,
Ah l'amoureux clop-clop du débit en rondelles
D'un couteau de boucher déjà taché de sang,
Et ta virilité comme merde canine
S'écrasera sous nos pieds dans un bruit mou tout mou.

Notons en passant, dit-il, que si ce paulard venait à être débité en rondelles il ne ressemblerait pas à une merde canine. Le fait d'écrire en vers ne, hum, vous dispense pas forcément de certaines, hum, considérations...

— Dans son esprit la comparaison s'applique

à la matière et au son, fit observer Mlle Tietjens, pas du tout à la forme ni à l'état de l'objet.

— Bon, je veux bien, Sylvia...

— Lydia.

— Où avais-je la tête? Je pensais à Ford Maddex Ford. Mes excuses. Il n'empêche, voyez-vous, que *ta virilité* suggère qu'il s'agit bien encore d'un tout, non pas d'un certain nombre de rondelles de, hum, pénis. Vous suivez mon raisonnement?

— D'acc, dit Lloyd Utterage. Mais je ne vois pas l'intérêt de soulever ce point. L'important, c'est la haine.

— La poésie est pitié, rétorqua Enderby. Signé Wilfrid Owen. Bien entendu, c'est faux. La poésie est exactement le contraire. Je disais donc : un tout, et assez comparable à une merde canine. Bref, l'image est donc celle de cette, hum, pine ressemblant à s'y méprendre à...

— Comme dit Lloyd, dit un jeune Juif couvert de boutons (il s'appelait Arnold Quelquechose et avait une chevelure de style outrancièrement cannibale), ce qui compte dans son truc, c'est la haine. La poésie est faite d'émotions, déclara-t-il péremptoirement.

— Ah mais non, dit Enderby. Ah mais pas du tout. Mais alors ce qui s'appelle pas du tout du tout. La poésie est faite de mots.

— C'est la haine, maintint Lloyd Utterage. L'expression de notre expérience de Noirs.

— Écoutez, dit Enderby, nous allons nous livrer à une petite expérience, précisément. Je suppose que votre terme de *sale pâlot* a une connotation de racisme, d'opprobre, etc. Eh bien, mettons que nous lui substituions les mots de *sale négro*...

Il y eut une exclamation d'incrédulité étouffée, mais unanime.

— Je veux dire que si, à vous en croire, l'important c'est la haine, alors le meilleur moyen dont on puisse — que dis-je, dont, en poésie, on *doive* — l'exprimer, c'est en tant qu'émotion à l'usage de l'humanité entière. En sorte que, au lieu de *sale pâlot* ou de *sale négro* aussi bien, on pourrait avoir, hum, *sale prolo* ou, disons, *sale youtre*. Mais *sale youtre* n'irait probablement pas...

— Je veux que ça n'irait pas ! dit Chuck Szymanowski.

— Évidemment, puisque les fins de vers en question sont faites de dissyllabes, oui, hum, de dissyllabes, mais jamais de monosyllabes. Question de structure, dit Enderby. Bref, écoutez. *Bientôt, sale négro, ce sera la fête à tes roustons*, etc. *Bientôt, sale négro, ce sera la fête à ton paulard*, et ainsi de suite. Voyez-vous, ce qui m'intéresse, c'est la structure. Non qu'il s'agisse, évidemment, d'une structure particulièrement subtile ou passionnante — notre ami, hum, Lloyd, serait le premier à l'admettre — mais c'est dans la structure que réside la vitalité, et non dans ces histoires idiotes de haine et autres. Je m'explique : imaginez une époque où cette haine raciale imbécile aurait totalement disparu, et où néanmoins ce poème — *aere perennius*, vous savez ? — survivrait par un effet du hasard. Eh bien, on le considérerait comme une tentative, tant soit peu primitive, certes, mais malgré tout encore très séduisante, d'avilissement et de dénigrement qui aurait puisé son vocabulaire à un catalogue anatomique, la structure objectivant de son côté et, en quelque sorte, refroidissant la haine. Cela ne manque pas de comique non plus, au plan des personnes : *Bientôt, Crassus*, ou disons, *Pompée, ce sera la fête à tes roustons*. Pour un peu ce serait du Catulle. Vous voyez ?

Il leur sourit. Pour une fois, ils apprenaient réellement quelque chose.

— Et vous croyez, ragea Lloyd Utterage, que vous allez vous en tirer comme ça, papa ?

— M'en tirer comme quoi ? s'enquit Enderby, à la fois sincèrement et quelque peu douloureusement surpris.

— Vous savez, expliqua gentiment à la ronde Mlle Tietjens, il ne faut pas lui en vouloir, c'est un Anglais. Il ne comprend rien à l'angoisse ethnique.

— Hé, mais, voilà qui n'est pas mal du tout ! dit Enderby. Même si cela n'a pas l'ombre d'un sens, bien sûr. Pourquoi pas l'angoisse de la pomme de terre, pendant que nous y sommes ? Et pourtant... au fond sait-on jamais ? Les intentions du langage imaginatif ne sont pas les mêmes que celles des profanateurs du langage. Voyez votre président et vos politiciens, par exemple. Ou les dirigeants du Black Power. Ou encore le Pouvoir lesbien, à supposer qu'il existe...

— Il comprend parfaitement, dit Lloyd Utterage. C'est son peuple qui a commencé. Quand je pense à ces fumiers de négriers, avec leur fouet et leur rire d'affreux jojos jouant à la toupie...

— Ah, tenez, ça c'est intéressant, dit

Enderby. Vous remarquerez comme l'image du fouet a tout de suite entraîné celle de la toupie dans votre imagination. Vous avez le don du verbe, mon garçon. Le jour où votre esprit se sera débarrassé de toutes ces insanités, vous serez un vrai poète.

Puis, après avoir répété plusieurs fois, très vite et très bas, *fumiers de négriers, fumiers de négriers*, il reprit :

— Analyse prosodique... au fait, l'un de vous a-t-il idée de ce que cela signifie ? Encore qu'il s'agisse d'une théorie linguistique typiquement britannique et qu'il soit donc possible qu'elle ne soit pas, hum, parvenue jusqu'à vous. *Fu-mi-ers* et *négriers* comptent l'un et l'autre, vous l'aurez noté, un nombre égal de voyelles. Maintenant, remarquez bien, je vous prie, l'opposition des consonnes : riche nasale contre fricative sourde, *n, f*, et gutturale sonore contre nasale sourde, *g, m* Supposez que nous essayions *meurtriers* au lieu de *fumiers*. L'effet est presque perdu. Pourquoi ? Parce que l'opposition est moins bonne entre le *g* et le *t*. C'est que, voyez-vous, tous deux sont voisés, d'où il résulte que...

—.Çâ vâ, pâpâ, dit la voix traînante de Lloyd Utterage.

Renversé sur son siège, il souriait comme un crocodile.

— Gardez pour vous vos petits jeux, poursuivit-il. Vous parlez d'une merde, vos histoires de mots ! Façon de vous défiler devant les réalités de ce vaste monde.

Soudain furieux, Enderby dit :

— Je vous interdis de m'appeler *pâpâ*. J'ai un putain de nom et j'y tiens autant qu'à un putain de titre de noblesse. Et j'en ai marre de vous entendre raconter qu'il faut couper les couilles aux Blancs. De la *me'de*, comme dit votre peuple. La seule chance de salut et d'immortalité qui reste à votre âme, si vous en avez une, *pâpâ*, ce sont les mots. Les mots les mots les mots, petit salopard, conclut-il crescendo et se laissant peut-être entraîner.

— C'est pas une chose à dire, je trouve, dit une souris timide, une Mlle Crooker ou Kruger. « Espèce de fumier. »

— Pourquoi ? Il a le monopole de l'insulte ? demanda Enderby, dans le feu de la colère. Et qui est-ce qui fait joujou, ici, si ce n'est lui, avec ses histoires de castration à la con et à la flan ? Il n'aurait même pas le cran de couper les couilles à un cochon. Ou peut-être si, il l'aurait, à condition que ce soit un tout petit cochon et qu'une dizaine de ses frères en mélanodermose lui tiennent l'animal cloué au sol. Au fait, dit-il, ce n'est pas si mal, ça : *frères en mélanodermose*.

— Je fous le camp d'ici, dit Lloyd Utterage en se levant.

— Ah, mais non ! s'écria Enderby. Vous allez rester et souffrir tout comme moi. On n'a pas le droit d'être lâche à ce point.

— Je ne suis pas marié avec vous, dit Lloyd Utterage. Il n'y a aucun terrain d'entente possible entre nous.

Il ne s'en rassit pas moins.

— Oh, que si, dit Enderby. Si je comprends bien, moi, vous aimeriez couper l'appareil génital à un Blanc. Parfait, allez-y, essayez. Seulement je vous préviens : avant que vous en ayez le temps, cette lame vous aura troué le bide, tout noir qu'il est.

Et l'on put voir trois ou quatre centimètres d'acier.

— C'est pas bien de dire ça, « bide tout noir », dit Mlle Flugel ou Kruschen ou... (On aurait pu croire qu'elle servait à Enderby de guide des bons usages new-yorkais.)

— Enfin quoi, dit Enderby, il n'est pas noir, son bide ? Il ne va tout de même pas se mettre à nier ça, maintenant ?

— Je n'ai jamais rien renié, papa.

Brusquement, le youtre (ou juif) à la chevelure cannibalesque, Arnold Machin-truc, partit d'un rire suraigu. Ce qui en déclencha d'autres. Un grand gaillard à lunettes, sale et négligé, avec une moustache de viking avachie, se mit notamment à hennir. Lloyd Utterage fit la tête ; Enderby aussi, mais, s'efforçant — comme le voulait après tout son emploi — de se rendre utile, il dit :

— Du grec *hystera*, qui signifie matrice. Ce qui prouve — et c'est là un élément qui aurait peut-être une chance de permettre de trouver ici, hum, entre notre ami et moi-même, veux-je dire, un terrain d'entente — oui, cela prouve que l'étymologie peut mettre des bâtons dans les roues du progrès scientifique, puisque les adversaires de Sigmund Freud à Vienne eurent recours à l'étymologie, précisément, pour réfuter sa thèse selon laquelle l'hystérie, dont nous avons sous les yeux une manifestation en ce moment et en ce lieu mêmes, pouvait être observée aussi bien chez les mâles que chez les femelles.

La plupart de ces paroles se perdirent dans le

bruit. A la fin le vacarme cessa, et le Viking avachi et sale — qui avait pour nom, croyait Enderby (il tint à le vérifier sur-le-champ en consultant les papiers étalés devant lui, et de fait c'était bien cela : Sig Hamsun) — le Viking avachi lança :

— Dites, et si on regardait un peu ma petite merde à moi, maintenant ?

Cela faillit redéclencher Arnold, le Juif cannibale ; mais Lloyd Utterage le tança ironiquement en ces termes :

— C'est pas le moment de rire, papa, non, pas le moment de rire ; tu comprends pas que c'est pas le moment ? Et comment que c'est pas le moment, comme si tu le savais pas, tu parles !

La petite merde de Hamsun, à ce que vérifia Enderby en la relisant rapidement, ne participait en rien de l'austérité nordique. A l'image de son excréteur, elle tenait plutôt de l'avachi et du spongieux. Enderby en donna cependant sévèrement lecture :

Et sur Manhattan l'aube se levant
Par-dessus l'horizon nous trouva tous
Deux dans les bras l'un de l'autre. Puis tu
T'éveillas et l'aube de Manhattan
Binoculairement a bleui dans
Tes yeux, tandis que monostomatique
Paradis le bout rose de tes seins...

— Ça veut dire quoi, ce mot ? demanda une certaine Mlle Hermsprong. Mono-quelque-chose ?

— Cela signifie, répondit Enderby, qu'il n'avait qu'une seule bouche.

— On le sait bien, qu'il n'en a qu'une. Comme tout le monde.

— Oui, dit Enderby. Seulement, l'autre personne avait deux bouts de sein, vous comprenez. Le fait est, je pense que lui, de son côté, eût bien aimé avoir deux bouches, comprenez-vous. Une par bout de sein.

— Mais non, dit Hamsun. Une seule suffisait. Il avait l'œil cochon.

— Permettez, dit froidement Enderby. J'exprime le sens de votre poème. Tel qu'il est.

— C'est moi qui l'ai écrit, non ?

— C'est le mieux que l'on puisse en dire, j'en ai peur. Il s'agit essentiellement — et par essentiellement j'entends l'ultime fraction irréductible de signification — d'un jeu entre unitaire et binaire : *une* aube, *deux* yeux, *deux* bouts de sein, *une* bouche. Il y a également un jeu des couleurs, cela va de soi : rose de l'aube dans le bleu du ciel, deux aubes roses dans deux yeux bleus, deux bouts de sein roses, une bouche rose (ou deux lèvres roses), et un paradis (ou un septième ciel) bleu dans deux bouts de sein roses et une bouche rose. Vous me suivez ? Bien. Cela dit, venons-en à l'élément autobiographique ou, si vous préférez, au contenu personnel. C'est une réminiscence de l'enfance. La femme de ce poème, c'est votre mère. Vous êtes si gourmand de ses seins que vous aimeriez avoir deux bouches. Sinon, pourquoi tout le reste irait-il par paires, y compris l'aube et l'horizon, manifestement uniques, alors que l'on n'a qu'une seule bouche tétant le sein ? Et voilà.

Il se renversa sur son siège, savourant un triomphe post-exégétique que contribuait à confirmer la double envie de meurtre mijotant au fond des yeux de Lloyd Utterage.

Triomphe pour triomphe, Mlle Tietjens dit :

— Vous voulez tout savoir ? C'est moi.

— Vous voulez dire que ce poème est de vous ? Dois-je comprendre que c'est un vol ? Dois-je conclure ?...

— Ce que je veux dire, c'est que la femme du poème, c'est moi, panoplie complète : bouts de sein et tout. Comme vous pouvez vous-même en témoigner.

— Je vous en prie, dit Enderby.

— Puisque je vous dis que c'est moi le sujet de son poème.

— Et moi aussi j'ai mon mot à dire. Je n'ai jamais demandé à les voir, vos fichus bouts de sein. Et à propos, tenez : voici le vôtre, de poème ; je vous le rends. Avec un *TB* dessus, bien qu'il soit lamentable, permettez-moi de vous le dire... Penser qu'elle est entrée dans mon appartement, poursuivit-il à l'adresse de la classe, pour me faire ce strip-tease, tout en racontant je ne sais quelles sottises sur Jésus-Christ, qui était une femme, à l'entendre, et tout en se prétendant, dit-il, le doigt accusateur, lesbienne !

— Je n'ai jamais dit ça. C'est un monceau d'hypothèses mensongères !

— Écoutez, dit Enderby, dans une flambée d'énergie montant du fond d'une extrême lassitude. Cela vous intéresse tous. Un poème ne doit pas son importance à la vérité biographique du contenu.

— Écoutez, rétorqua le Nordique sale et avachi, vous ne voyez donc pas que pour moi c'était tout bonnement un moyen de me la mettre en conserve ? Elle est dans ce putain de poème et elle y restera pour l'éternité. Bouts de sein et tout, oui, toute la panoplie.

— Je ne suis pas une chose qu'on peut mettre en conserve, protesta furieusement Mlle Tietjens. Et après ça on s'étonne que ce genre d'attitude pousse certaines d'entre nous à s'engager sur la voie que l'on sait !

— Le fait est, dit Enderby, qu'il est des problèmes d'une urgence terrible.

Lloyd Utterage éclata d'un grand ricanement — le genre de ricanement pour lequel Enderby ne put trouver d'autre qualificatif que *négrotesque*. Ce fut dans l'acte même de la formulation de ce terme qu'il mesura avec la plus parfaite exactitude le caractère intenable de sa position. Toute communication était impossible ; il était bien trop vieux jeu ; il l'avait toujours été. Mais il reprit :

— Ces problèmes urgents ne sont d'ordre ni racial, ni politique, ni social. Ils sont, pour ainsi dire, de nature sémantique. Seule, l'interrogation poétique peut découvrir la vraie réalité du langage. Mais vous, que faites-vous ? Vous vous laissez prendre au double piège, d'une part, des divagations des slogans, d'autre part, des sensations consacrées.

Bien. Personnalité ? Zéro. Sensations ? Idem. Que diable restait-il ?

— Le plus urgent, c'est la tâche de conservation : préserver la signification linguistique dans sa totalité complexe, à l'intérieur d'une forme que l'on puisse isoler de ce monde ordurier.

— Dans sa *quoi* complexe ? demanda Mlle Hersprong.

Les autres le regardaient comme s'ils avaient

eu affaire (ce qui était probablement le cas) à un fou.

— C'est égal, dit Enderby. Vous n'êtes pas de taille. Jamais vous ne l'emporterez sur les grands salopards des organisations ordinateurisées qui ont la bonté de vous laisser savourer l'illusion de la liberté. Les gens qui écrivent des poèmes, même mauvais, ne sont pas destinés à devenir les maîtres. Tôt ou tard, vous finirez tous par être bons pour la prison. Dépêchez-vous d'apprendre la solitude : plus question de faire l'amour ni même d'avoir droit à des livres. Il ne vous restera que le langage, le grand conservateur, et la poésie, la grande créatrice solitaire de formes. Bourrez-vous l'esprit de langage, nom de Dieu. Apprenez à écrire le mémorable — non, pas à écrire : à composer mentalement. Le jour viendra où l'on vous interdira jusqu'au moindre bout de crayon, au moindre dos d'enveloppe.

Il s'interrompit et baissa les yeux. Il les releva sur leur miséricorde, leur étonnement, et aussi sur la haine du Noir. Piteusement, il dit :

— Essayez les distiques héroïques.

Arnold le cannibale dit :

— Vous êtes là pour combien de temps ?

— Plus pour très longtemps, j'imagine. Ce n'est pas une réussite, j'en ai peur.

Personne ne broncha. Hamsun haussa, lentement et non sans grâce, les épaules. A la fin Chuck Szymanowski dit :

— Vous êtes défaitiste. Vous êtes anti-vie. Vous n'aidez pas le monde. Vos trucs prétentiards et vos astuces à la con ça sera bon plus tard. Tout de suite on n'en a rien à foutre.

— C'est tout de suite ou jamais, dit Enderby.

Il ne prit même pas la peine de s'emporter en entendant traiter d'astuces à la con l'art dans son élévation et sa neutralité.

— La vie ne se découpe pas en rondelles diachrones, dit-il encore.

De retour à l'appartement, il rédigerait sa lettre de démission. Non, à quoi bon même cela ? Quel jour était-ce ? Vendredi vingt-six. Lundi, il aurait son chèque de fin de mois. Toujours ça de pris ; ensuite, filer. Après tout, bon Dieu, on avait beau dire, il était libre.

Mlle Cooper ou Krugman dit, non sans bonté apparemment :

— Quelle est votre idée d'un *bon* pouème ?

— Ma foi, dit Enderby, quelque chose dans ce genre, par exemple :

Royale chasseresse en ta chaste beauté,
Voici qu'au noir sommeil appartient le soleil.
Prends place maintenant sur ton trône argenté,
De tes fastes déploie l'éclatant appareil.
Vois, Vesper t'en supplie, prête-lui ta lumière,
O claire souveraine, ô divine première...

— Bon Dieu, dit Lloyd Utterage, d'une voix horrifiée. Encore vos petits jeux, papa.

Et puis, le sang s'emmêlant quelque part tout au fond de son larynx :

— Espèce de fumier. Tricheur. Sale réac. Espèce de dégueulasse et de *malfaisant*.

SIX

Dans le métro qui le ramenait à la 96e rue, Enderby reconnut, avec une sombre lucidité, que le champ d'action de la liberté était terriblement restreint. *Ein wenig frei* — encore était-ce un maximum. Par exemple, il n'était pas libre de ne pas être mis en charpie et en bouillie par le gang de Noirs que Lloyd Utterage, avec l'assurance de la sincérité et une voix un peu essoufflée par la stridence d'un tas de voyelles prolongées à l'africaine, avait juré de lâcher contre lui pendant le week-end. Pas libre non plus de ne pas sentir les élancements atrocement douloureux dans les mollets, qui (probablement non sans rapport avec l'engorgement de ses artères) le harcelaient maintenant, tandis qu'il se cramponnait des deux bras à la barre de métal pour voyageurs debout, tous les sièges étant occupés par de jeunes étrangleurs à peau noire ou chocolat, sortant tout droit de classe et qu'on aurait dû forcer, en bonne justice, à se lever pour céder la place à leurs aînés. Mais il était libre de quitter l'Amérique. Suffisait d'une réservation sur un vol pour Madrid, puis pour Tanger. Libre dans ce domaine, il décida néanmoins de ne pas faire usage de sa liberté. Ce qui signifiait qu'il ne serait pas libre de ne pas être écharpé ni démoli par, etc. Ou encore qu'il *choisissait* de l'être... etc. Il en sortirait en pièces et couvert de bleus, mais avec, tout au fond de lui-même, un mince bout de moi intact et dégagé, comme préservé dans la glace, et que rien ne pourrait meurtrir ni déchirer bref, libre, pour ainsi dire. Augustin d'Hippo, qu'il voyait maintenant distinctement vêtu de couvertures et épouvantablement chevelu comme Lloyd Utterage, l'attendait là-bas, dans l'appartement, prêt à lui distiller d'autres sortes de liberté. Ah mais, à propos... n'était-il pas censé participer à un bavardage télévisé, dans la soirée ? Surtout ne pas l'oublier, ne pas perdre de vue l'heure. *Ein wenig frei* de plaider la défense de Gérard Manley Hopkins, le persécuté, le mystique, l'artiste, le pré-freudien.

En entrant chez lui, il se sentit comme habité par le fantôme de sa crise cardiaque passée — si c'en était bien une. Non pas fulgurante, mais déjà fulgurée, sorte de meurtrissure laissée par la trajectoire. De toute évidence, c'était un rappel pour l'inciter à deux ou trois réflexions sur la mort. Il contempla sombrement la pagaille de la cuisine : il mourait d'envie de se taper un bon demi-litre de thé très fort et de se caler l'estomac avec une tranche d'une des inventions de Sarah Lee. Non sans méfiance il céda à l'envie et rôda en grommelant dans la pièce de séjour pendant que la bouilloire s'échauffait sur le feu. Il cherchait sa grande tasse ALABAMA. Il finit par la trouver, encore pleine d'un liquide tiédâtre qui avait perdu tout charme. Bientôt il fut en mesure de s'asseoir sur un pouf, d'une main s'empiffrant de gâteau de Savoie fourré de crème à l'orange, de l'autre tenant solidement par son anse la grande tasse de liquide brun rouge comme s'il s'était agi d'une arme contre la Mort, le tout face à un programme de dessins animés pour enfants à la télévision. Ce n'étaient qu'animaux parlants, dans toutes les nuances du rouge, du bleu et du jaune ; mais il y avait çà et là des trous dans le contexte, par lesquels l'humour et le libéralisme enchaînés des créateurs montraient soudain le bout de l'oreille : ce cochon posant au rigoriste de la légalité ressemblait comme un frère à un gouvernant bien connu. Peut-être y avait-il une chance de faire passer l'histoire d'Augustin et de Pélage dans le dessin animé. Pourquoi pas ?

De retour dans la chambre-bureau et devant son brouillon, il vit à quel point tout cela était mauvais et quel énorme travail restait à faire. Et dire qu'il était censé penser à la mort, ou commencer au moins à y penser. Le plus insupportable était d'avoir à laisser des choses inachevées. Raconter qu'on ne doit pas penser au lendemain, c'était bel et bon pour Jésus-Christ qui, si on ne pouvait lui retirer l'éloquence, n'avait rien d'un écrivain. Quand on était lancé dans un long poème, on était bien forcé d'y penser, au foutu lendemain. Pour pouvoir s'accommoder de la philosophie du Nazaréen dans toute sa veulerie, il fallait ressembler à ces parasites de drogués dont les rues de la ville étaient jonchées. A chaque jour suffit son mal, et aussi sa drogue.

Si Dieu est omniscient autant que
tout-puissant,
Il sait, dit Augustin, combien exactement
De tes cheveux coupera demain le barbier
Peut-être pour toujours, et combien sur ta
robe
Tu feras en mangeant de taches
malhabiles
Le cinq août quatre cent vingt-cinq. De
même il doit
Connaître tout péché non encore commis,
Pouvoir en mesurer l'exacte purulence
En micropeccadynes qui, leur nom
l'indique,
Sont l'unité la plus petite pour jauger
La peccabilité. Sans doute aussi sait-il
Et sut-il quand en lui l'idée d'homme
devint
Cette démangeaison, pour quand votre
trépas
Et comment en enfer ou bien en paradis
Finirez-vous loti. Non, libre de son choix
L'homme diminue Dieu. C'est là pure
hérésie.
Mais que Dieu soit pitié comme
toute-science
Fut toujours révélé : à rien il n'est tenu
Par sa préconnaissance, et sa grâce il
répand
A foison à son gré, de façon que chacun,
Même toi, fils des froides mers, puisse
espérer.
Lors Pélage : Pitié, certes c'est vrai, pitié.
Mais mieux encor, plus grand : amour.
Dans son amour

Il nous laisse le choix : croire ou le
renier.
Même le plus banal de nos actes humains
Il pourrait le prévoir, pourtant il s'y
refuse ;
Mais commis l'acte, alors il voit, il sait, il
juge.
Ainsi partageons-nous sa propre liberté.
Le Christ en nous lava la faute originelle,
Rien donc ne prédispose plus l'homme au
péché
Plutôt qu'au bien : libre à chacun de
nous, oui, libre
De travailler à son salut. Alléluia.
Mais tel un vent de feu soufflant de son
Afrique
L'homme d'Hippo flétrit, incendia, dévasta
Cette fraîcheur venue de climats boréens...

Non, non et non, se dit Enderby. C'était impossible. Ce n'était pas de la poésie. On ne peut faire de la poésie avec de la doctrine pure et crue. Il fallait trouver des symboles, et il n'en avait pas sous la main. Impossible d'écrire ce poème. Il était libre : ses chaînes de papier tombèrent dans un froissement. Il les jeta dans la corbeille. Libre. Libre de se mettre à l'*Odontiade*. Donc tenu d'écrire ladite. *Ergo* nullement libre.

Il soupira amèrement et alla dans la salle de bains où il entreprit de se tartiner la tronche et de se saper en prévision de l'émission de télévision. Propre et saignant, il revêtit des dépouilles à lui léguées par Rawcliffe et, debout, au bout du compte, sur toutes les coutures s'examina dans la longue glace fixée au mur près de la porte de la chambre à coucher. Fin de début de siècle, vivant rappel de gloires défuntes, *finale* de la Première Symphonie d'Elgar rotant à plein tube l'Espoir Massif en l'avenir. L'empire existait encore en ce temps-là, et Londres était le centre naturel et incontesté de l'anglophonie ; les riches Américains n'étaient que d'humbles provinciaux. Ichabod. Il enfila le pardessus aux plis pétrifiés, se coiffa de son béret et, canne-épée pitoyablement serrée dans ses faibles doigts, sortit.

Il était trop tôt pour que la vie nocturne et ses violences fussent déjà écloses dans le métro. Dans la rame express qui l'emportait vers le centre et Times Square, ses copassagers ruminaient vaguement comme lui, se souvenant peut-être obscurément de la gloire d'autres empires défunts — ottoman, austro-hongrois, pharaonien. Seul, un jeune Noir, vêtu d'un rutilant blouson de combat, était perdu dans la contemplation d'empires intimes et personnels, nés des fumées de la drogue ; dans la *pax alucinatoria* le rhomboïde et la spirale ne font plus qu'un. Enderby jeta encore un coup d'œil sur le bout de feuillet du poème abandonné où il avait noté *émiss Jack Spire Lance direct 46e rue ou quelque part par là*. Il avait le temps et deux billets de dix dollars en poche. Il s'arrêterait au Bar Bleu de l'hôtel Algonquin, naguère haut lieu de la littérature, et y boirait en paix un gin ou deux. Il se sentait en bonne forme. Le thé noir et Sarah Lee harcelaient les bataillons de paras du cœur : pourquoi le rouge ennemi refusait-il de se laisser effrayer ?

D'un pas très alerte il sortit à Times Square et

prit la 44ᵉ rue Ouest. Dans le hall de l'Algonquin on vendait, vit-il, des périodiques anglais. Il acheta le *Times* et le feuilleta debout. Dans un coin de page perdu, il découvrit qu'un membre du parlement réclamait éloquemment la création d'une commission royale spéciale pour l'expurgation de l'Ancien Testament. Même les grands classiques ne sont pas sans danger, sans incitations malsaines, pour une jeunesse oisive et aisée, etc. Au Bar Bleu, il y avait quelques tables occupées par des clients aux mines de conspirateurs lubriques et, juché sur un tabouret du comptoir, un individu plutôt bruyant dont Enderby crut reconnaître la voix. Seigneur Dieu, le Père Hopkins en personne ! C'est-à-dire... le type qui tenait le rôle dans le film. Comment s'appelait-il, déjà ?

— Alors je lui ai dit *et moi j' t'encule*, je lui ai dit.

— Ça c'est parlé, msieu O'Donnell.

Coemgen (prononcez Kevin) O'Donnell, c'était bien cela, oui. Enderby l'avait rencontré brièvement à la petite soirée qui avait suivi la présentation privée du film à Londres et où il s'était montré affablement saoul. Sa présence dans ce bar n'avait rien d'une coïncidence : l'Algonquin absorbait acteurs et écrivains indifféremment. A deux tabourets vides de O'Donnell, Enderby s'assit et demanda poliment un Martini gin. O'Donnell, avachi sur le comptoir, entendit la voix, pivota sans grâce sur son siège et demanda :

— Z'êt' zanglais ?

— Hum, oui, dit Enderby. Citoyen britannique de naissance, mais comme vous-même, je présume, vivant en exil. Nous nous sommes déjà vus, vous savez.

— Hein ? Première nouvelle.

La voix était cent pour cent américaine.

— Z'êt' pas le premier à m'avoir vu dans un film. Y sont des tas comme vous. Me prennent pour une vieille connaisshhh, hic, chance. Z'êt' zanglais ?

— Hum, oui. Citoyen britannique de naissance, mais comme vous, je présume, vivant en...

— Merde, combien de fois tu vas le répéter, coco ? J' te pojais chimplement une quechtion. Oké, t'es zanglais. Pas besoin d'en remettre. Chi tu t'es fait tatouer le drapeau sur le cul, perchonne te demande de le montrer. Pas plus que le rechte. Hein ? Quoi ?

— Le film, dit Enderby. Oui, le film. *Le naufrage du Deutschland.*

— Chhhuis d'dans. Ch'est un film à moi.

Il tendit grossièrement son verre vide au barman. Il était aussi peu prêtre que possible dans cet accoutrement : costume brillant couleur d'airelle, chemise de soie aubergine, chaussures qu'Enderby attribua à Gucci. Le visage était celui d'un voyou rude et fruste ; il aurait pu convenir à un de ces curés de choc irlandais formés par les jésuites de Maynooth et prêts à jouer au ballon avec les jeunes vauriens de la paroisse ; peu à voir avec la délicate intelligence du (ah-très-cher) pédéraste sans le savoir Gerard Manley Hopkins.

— Le fait est, dit Enderby, que moi aussi je suis dedans, en un sens. L'idée était de moi. Mon nom figure au générique. Enderby, ajouta-t-il sans déclencher d'enthousiasme. Enderby, répéta-t-il sans même susciter un signe de reconnaissance.

Coemgen O'Donnel dit :

— Ouais. Y a des chances que ch'ait d'abord été l'idée de quelqu'un. Y a pas un truc au monde, je dirais, qu'ait pas commenché par être l'idée d'un inconnu ou d'un autre. Z'avez vu les chiffres de la semaine, dans *Variety ?* Érotishme et Violenche, la rechette varie pas. Sauf que le gars qu'a écrit le livre ressemblait pas à chui que je joue dans le film. Che qui ch'appelle pas du tout, même. Le vrai Père Hopkins était une pédale.

— Un curé pédale ? dit le barman. Sans blague ?

— Ça existe, les curés pédales, dit O'Donnell. J'en ai connu plujieurs. Font cha avec les jenfants de chœur. Mais dans le film ch't'un gars normal. Y l' fait avec une religieuse.

Il hocha gravement la tête à l'adresse d'Enderby :

— Z'êt' zanglais ?

— Vous savez, dit Enderby, Gerard Manley Hopkins n'avait rien d'un homosexuel. Conscient, en tout cas. Ni actif, certainement. Qu'il ait sublimé ça dans l'amour du Christ, possible. Pure hypothèse. Simple possibilité encore une fois. Sans intérêt pour la religion ou la littérature, évidemment. Amour de la beauté mâle. L'admirait. Voir ses poèmes. *La première communion du clairon, Eurydice perdue* et *Harry Ploughman*. « Marin né et tanné. De ceux qu'avec fierté nous appelons culs goudronnés. » « Durs comme pieux de bouchot tout baignés d'un bouillon de lumière dorée. » Quel mal y a-t-il à cela, bon Dieu ?

— Bouillon de lumière mon cul, dit O'Donnell. Toujours pas vu not' gars de la direction ? demanda-t-il au barman.

— Il va venir, msieu O'Donnell. Il sait sûrement où vous êtes. A votre place, monsieur, j'arrêterais après celui-ci. Jusqu'après l'émission, en tout cas.

— L'émission ? dit Enderby. Est-ce que par hasard vous feriez partie de...

Il consulta le bout de feuillet déchiré qu'il avait tiré de sa poche :

— Jack Spire Lance direct.

— Répétez voir, c'est chouette, ça. C'est Spire qui trouverait ça chouette. Chouette slogan, oui, sauf que zéro pour le direct, n'existe plus, le direct, mon vieux, fini.

Puis :

— Z'êt' zanglais, vous ?

— Je vous ai déjà dit...

— Z'êt' pédale ? Oké oké. C'est pas ça que je voulais demander. Non, c'était... ch'était quoi, kj'allais demander ? demanda-t-il au barman.

— Ni vu ni connu, msieu O'Donnell.

— Ah, je sais... Quéqu' chose qu'a rapport avec la trompette... un p'tit trompette. Ch'tait quoi, déjà, votre histoire de trompe... pette ?

— *La première communion du clairon ?*

— Doit êt' cha, oui. Et vous savez quoi ? Eh bien, ch'est justement cha la preuve que ch'tait une pédale. Z'êt' zanglais, vous ? Oui oui, j' l'ai déjà demandé. Donc, vous connaissez Oxford, la ville où y a l'université, d'accord ? Ch'tait mon père.

— *Quoi ?*

— J' dois me mélanger, y a des chances. Plein de grandes casernes dans le coin. Cow cow cow quéqu' chose.

— Cowley ?

— Tu l'as dit. Normal qu' vous le sachiez, z'êt' zanglais après tout. N' aut' scotch, on je rocks.

— Désolé, msieu O'Donnell. Vous m'avez donné vous-même des ordres très stricts en commençant.

— Oké oké, ch'est vrai que j' dois passer avec ch' vieux Can Dix. M'envoie une limoujine.

— Avec qui ? Où cela ?

— M'envoie une bagnole, pour ch' truc à la télé.

— Je suis dans l'autre émission, dit Enderby, celle de Spirale. Qu'allez-vous leur raconter ? demanda-t-il non sans appréhension.

— Écoutez, vieux, permettez que je finisse mon histoire, dites, vieux ? D'accord ? D'accord. Ch'tait le père de ma mère. Sujet britannique, mère irlandaije. Elle l'avait mis sur les rails pour qu'y devienne un bon catholique. D'accord ? Parlez d'une bagarre... l' paternel était protestant.

— Oui, dit Enderby. « Né, me dit-il, de mère / Irlandaise et de père anglais et / Comme il échoit ayant, c'est sûr, écrémé de chacun le meilleur. »

— Permettez qu' je finisse, d'accord ?

— Je vous demande pardon.

— Pas de quoi. Ne regrette jamais rien, ch'est ma, merde comment est-che qu'on dit ? Devije, d'accord ? L'était venu en Irlande avec la mère du père de ma mère ; l'était le père de ma mère, m' suivez, d'accord ?

— Tout à fait.

— Marié avec une Irlandaise. Absorbés, les Anglais, digérés, noyés dans le tas. Ch'était che qu'il racontait, en tout cas.

— Qu'est-ce qu'il racontait ?

— L'a fait venir un jour au, comment vous dites ?... presbyte... presbyte truc... l'a fait se déculotter et lui a donné, vous savez bien, de la verge. L'a revu plus tard à Dublin, où il était professeur ou quéqu' chose, et lui a rappelé ça. L'en a été malade. Faut dire qu'il l'était déjà, malade. Très.

— Mon Dieu, dit Enderby.

(O fais ton œuvre, sainte onction, de scellés apposé !
O charmes, armes, tout, afin que soit chassé le mal
Et qu'en ce jeune cœur à tout jamais soit enfermé l'amour !
Mais que plus ne le voie, et que désillusion n'étouffe
Ces doux espoirs dont le moindre tressaut me soulève et me gonfle.)

— Je ne peux pas y croire, dit Enderby. Je ne veux pas.

Il sentait en lui les indices d'un regain de douleurs quasi mortelles, prêtes à lancer leurs foudres, de la clavicule jusque dans le bras. Non, pas question. Il but vivement une gorgée de gin pour effrayer et chasser la menace.

— Et alors, dit-il, vous allez tout leur raconter ?

— Pas cha, non, dit O'Donnell. Je raconterai

deux, trois histoires de religieuses. Une nuit un gars ramasse en stop une fille; cent mètres plus loin, ils se retrouvent tous les deux dans le fossé, c'était une sœur *converse*.

— Quelle immonde saloperie que ce monde, dit Enderby. Quelle ignominie, quelle horreur.

— Redites un peu cha pour voir. Ah, vlà Josh. Ma parole, c'est Josh? Mais oui, ch'est Josh en personne. Comment va, Josh? Comment vont la patronne et les gosses? La croix et la bannière, comme aurait dit la sœur converse... 't-une plaijanterie entre mon ami britannique 'chi préjent et moi. Une bonne tite ttasse ed tthé, et après, bas le froc pour la sauterie.

Son imitation du voyou classique était honnête.

— Je me marie le mois prochain, annonça le nommé Josh, sans enthousiasme.

Enderby lui trouvait l'air arménien : velu, profil ovin.

— Vrai? Vraiment vraiment vrai? Cha alors, ch' que je peux être content pour toi, Josh. Notre ami 'ci présent, dit O'Donnell, parlait justement de notre film, *A la boche soupe*.

Il se mit debout et son apparence fut celle non seulement d'un homme sobre, mais de quelqu'un qui vient de s'envoyer un plein gobelet de vinaigre. C'était, après tout, un acteur. Dans ce cas, quelle créance accorder à tout ce qu'il pouvait bien dire ou faire? Mais alors, où avait-il pris son histoire des casernes de Cowley?

— Quelle ignominie, quelle horreur, dit-il avec l'accent et l'intonation exacts d'Enderby.

— Pour sûr, pour sûr, dit Josh. On ferait mieux d'y aller, monsieur O'Donnell. Il risque d'y avoir de la bagarre avec les chasseurs d'autographes.

— Avouez que cette histoire est fausse, supplia Enderby. Il est impossible qu'elle soit vraie.

— Mon grand-père m'a juré que si. Il n'a jamais oublié le nom. Il y avait une madame Hopkins qui faisait le ménage chez nous. Mon grand-père n'avait rien contre les curés, à ce qu'il disait. Il est resté bon catholique toute sa vie.

(Il a beau, cet enfant, paraître en ses dérives / Suivre le doigt de Dieu désignant le chenal, moi non plus je ne crie / Au désastre promis...)

— La voiture est là, monsieur O'Donnell.

— Et il a bien vu que ce n'était pas vraiment de l'excitation sexuelle. Pas comme ce qu'il avait vu dans les baraquements militaires. Non, c'était uniquement... enfin quoi, vous savez bien... il en avait les mains qui tremblaient de plaisir.

« Enfermé là légèreté lumière le sacrement d'un trop énorme dieu. » *Énorme*, mon cher.

— En route, Josh, allons-y. Il n'était encore qu'un gosse à l'époque, mais il a *vu*, dit O'Donnell.

Il hocha la tête, l'air plus sobre que nature.

— C'est sans doute pour ça que le rôle devait me revenir, fatalement.

Il eut un geste d'adieu extrêmement vague à l'adresse du barman et, gucci-gucci, sortit, Josh guidant ses pas. Enderby commanda un second Martini gin. Il se sentait plutôt gourd. Qu'est-ce que cela faisait, de toute façon ? C'était la poésie qui comptait. Si je ne suis que bile et qu'internes brûlures, / C'est que par son décret Dieu veut profondément qu'amertume j'endure... Merde, il y avait de quoi !

Les voies menant aux studios de télévision de la 46e rue commençaient à bouillonner gentiment de promesses de violence. En soi, la violence n'est pas un mal, mesdames et messieurs. Rien n'empêcherait un poète d'exploiter le hasard des connotations : violons, violes, violettes. La violence est parfois une nécessité. En ce moment même, je me sens très violent. Gare à la barbarie, qui est violence pour l'amour de la violence.

C'était un vieux petit théâtre incrusté de lampes à haut voltage. Une petite foule faisait queue sur le trottoir, en attendant de servir de public à l'intérieur du studio. Le lendemain soir, ces gens se regarderaient s'adresser à eux-mêmes des signes de la main, passé saluant l'avenir. Les jeunes voyous du contrôle portaient blazer d'uniforme, où éclatait le monogramme *SL* ; ils commencèrent par lui refuser l'accès de l'entrée des artistes : « Fais la queue comme tout le monde, coco. » Mais son accent britannique finit par les convaincre de sa qualité probable de participant. On le laissa passer.

SEPT

TRANSCRIPTION PARTIELLE DE L'ÉMISSION SPIRE-LANCE B / 3 / 57. ENREGISTRÉE MAIS NON DIFFUSÉE. REMPLACÉE EN DERNIÈRE MINUTE PAR BOUCHE-TROU 2 (CONNAISSANCE DE L'AUSTRALIE).

SPIRE : Merci merci merci (*applaudissements prolongés malgré l'invitation au silence*). Merci merci encore merci eh bien dites donc vous n'y allez pas de main morte, gardez-en un peu pour (*rires et applaudissements*) non non ne me faites pas dire ce que je n'ai pas dit je n'ai rien dit rien dit. Parlons plutôt de choses sérieuses (*rires*). Les prix montent. Figurez-vous que j'ai changé de coiffeur hier eh bien je n'avais pas eu le temps de m'asseoir dans le fauteuil qu'il m'a dit ça sera un dollar cinquante (*rires*). Ça ne fait pas cher la coupe de cheveux je lui ai dit (*rires*). Non il m'a dit mais ça c'est pour le devis (*rires et applaudissements*). Bon, ce n'est pas le tout, soyons sérieux (*rires*). On a de ces façons de parler aujourd'hui (*rires*). L'autre jour à l'aéroport Kennedy j'entends un type dire à un autre quand est-ce qu'on décolle et l'autre répond moi c'est déjà fait je plane (*rires et applaudissements*). Je ne sais plus si je vous l'ai dit j'ai changé aussi de tailleur J'AVAIS changé je devrais dire (*R*). Il me livre un costume je le rapporte et je dis j'ai l'impression qu'y a comme un défaut. Bien sûr qu'y a comme un défaut il me dit, vous ne savez pas le porter (*R*). Faites-moi le plaisir de sortir la hanche gauche en même temps que l'épaule droite. Là. Et pliez-moi aussi un peu ce genou (*R et A*). Et voilà. Impecc (*R*). J'ai donc fait comme il disait (*mimique. R et A*) et je descendais la 46e rue quand je croise deux toubibs et j'en entends un qui dit au second vous avez vu ce pauvre bougre, être difforme à ce point c'est un cas. Terrible (*R*). Ça c'est vrai dit l'autre, mais le costume alors pardon il lui va comme un gant (*R et A prolongés*). Bon mais pour en venir aux choses vraiment sérieuses se trouverait-il ce soir parmi votre aimable clientèle quelqu'un de Minnéapolis et de Saint-Paul (*mélange d'A et de huées ironiques*). Non je m'en doutais. Dans ce cas tant pis je ne vous parlerai pas de mes aventures avec une fille qui venait de là-bas (*R*). Elle était connue comme le loup blanc dans ces deux belles villes qui se regardent d'un bord l'autre du Mississippi, on l'appelait Puta-Pest (*R et A prolongés. Voix de Spire par-dessus le tumulte*). A tout de suite chers amis nous avons une formidable liste d'invités ce soir la désirable Hermine Baderniska Jakes Summers le profess (*coupure prématurée pour laisser la place à un spot publicitaire*).

SPIRE : Et voilà mes beautés si vous voulez garder la ligne tout en ayant l'impression d'être suralimentés essayez ça. Mon premier invité ce soir est un célèbre poète britannique actuellement en visite à l'université de... Manhattan où il enseigne. Nous l'avons prié de venir nous parler un peu d'un film dont l'idée lui revient entièrement et qui déchaîne actuellement les passions dans les salles obscures de notre monde civilisé. Mesdames et messieurs... le professeur Fox Enderby (*applaudissements de rigueur. Image de l'invité qui n'avait pas répété et en entrant se prend les pieds dans un fil électrique. R et A*).

SPIRE : Votre élégance fait notre admiration unanime je dois dire monsieur le professeur (*A*). C'est tout le parfum de la Vieille Angleterre (*A*).

ENDERBY : (*début de phrase inintelligible*) mon vrai nom.

SPIRE : Je vois je vois ce ne sont que des initiales. Excusez-moi. Après tout le o et le zéro se ressemblent pas mal, non. Et zéro compte pour du beurre non. Donc c'est comme si on avait un F et un X, sans rien entre. Bref c'est bien ce que je disais. F-zéro-X égale Fox. C.q.f.d. (*A prolongés*).

ENDERBY : (*paroles inintelligibles*).

SPIRE : Vous êtes marié, monsieur le professeur ? (*signe de tête négatif dudit*) Vous n'avez pas d'enfant ? (*R*)

ENDERBY : Enfant bien avisé sait reconnaître les siens. (*??*)

SPIRE : Bien, bien, j'en viens à ma question : aimez-vous pardon aimeriez-vous que vos enfants aillent voir un film comme *Le naufrage du "Deutschland"*.

ENDERBY : Chacun est libre d'aller voir ce qui lui plaît personnellement je m'en moque. Et cela s'applique aux enfants de n'importe qui. Les vôtres inculs (*??!*).

SPIRE : Moi-même j'ai une petite fille de six ans (*A*). Il vous paraîtrait donc normal qu'elle aille voir un film où des religieuses sont heu (*A prolongés*).

ENDERBY : La question n'est pas là. Le tout serait que le monde soit ainsi fait qu'il n'arrive pas aux religieuses ce que vous dites. Alors cela ne se passerait pas non plus dans les films. Alors aussi votre fille n'aurait rien à craindre. D'ailleurs le film est interdit aux mineurs.

SPIRE : Possible. Cela n'empêche pas que selon certains rapports inquiétants des jeunes vont voir ce film et commettent ensuite des atrocités (*A*).

ENDERBY : Qu'est-ce que ces gens ont à applaudir comme ça ? C'est à cause des atrocités ? Votre petite fille de six ans, est-ce qu'elle s'amuserait à aller violer des religieuses dans les rues ?

SPIRE : Non mais elle serait sûrement perturbée et peut-être se réveillerait-elle la nuit en criant au milieu de ses cauchemars (*A*). Nous autres, Américains moyens, nous aimons veiller à la sécurité de nos enfants, monsieur le professeur (*A prolongés*).

ENDERBY : Quoi ça vous avance (*?*) de les protéger. L'Amérique compte plus de jeunes délinquants que n'importe quel autre pays au monde. Non que je voie une objection à la violence (*protestations dans l'assistance*). Le changement ne peut aller sans violence. Tas de crottin (*?*) est-ce que ce n'était pas de la violence quand vous vous êtes révoltés contre nous en 1776 ? Ce n'est pas que je vous le reproche croyez-le bien. L'envie vous en a pris et c'était votre roi (*? ?*) de le faire. Et pourtant vous avez eu tort. Peut-être, trouverait-on encore chez vous un reste de respect pour l'ordre et la loi si vous étiez demeurés territoire colonial. Vous n'étiez pas mûrs pour l'indép (*protestations et quelques A dans le public*).

SPIRE : Votre attitude va de pair avec votre costume monsieur le professeur (*A prolongés*). Je crois comprendre que vous êtes un grand patriote. Cependant vous ne vivez pas en Grande-Bretagne que je sache ?

ENDERBY : Foutu pays. Peux pas le supporter. Américanisé. Le passé est le seul endroit vraiment vivable. Le passé imaginaire, s'entend. Mais revenons à ce qui était le sujet de la conversation avant que vous l'ayez fait dévier vers des prolos (*? ? ? ?*) qui n'avaient rien à boire (*? ? ?*).

SPIRE : A qui la faute. A vous. Pas à moi (*A*).

ENDERBY : Les gens accusent toujours l'art la littérature le théâtre d'être la cause de leurs propres méfaits. Ou de ceux des autres. L'art se contente d'imiter la vie. Le ver est déjà dans le fruit. Le péché originel. Le plus curieux est que l'Amérique a été fondée par des gens qui croyaient au péché originel et aussi à l'invocation (*? ? ?*) religieuse de leur notion (*? ?*) mais ensuite il vous a bien fallu guetter un signe de la grasse (*? ?*) divine et vous l'avez trouvé dans la réussite commerciale : faire son chemin bâtir le paradis sur terre ainsi de suite, toutes choses qui ont conduit au plagiarisme (*? ?*) américain.

SPIRE : Le... comment dites-vous monsieur le professeur.

ENDERBY : Du nom d'un polichinelle de chez nous qui s'appelait Morgan en grec Pelle-à-gosse (*? ? ? ? ?*) et qui enseignait qu'il n'y a pas chez l'homme trop pension (*propulsion ?*) (*? ? ?*) naturelle au mal. Hérissé pur (*? ? ? ?*). Le mal est en chacun de nous. Désir de tuer de violer de détruire, violence aveugle...

SPIRE : N'avez-vous pas dit tout à l'heure que vous aimez la violence ? (*A*).

ENDERBY : Vous mélangez tout pauvre crottin (*? ?*) que vous êtes. Aveugle je dis, violons (*? ? ?*) AVEUGLES. Mais constructive c'est différent.

SPIRE : Je vois je vois excusez-moi. Et maintenant une petite minute de récréation. A tout de suite. Restez avec nous (*A prol. MUSIQUE PARADE CIRQUE DANSE (?). Spot publicitaire*).

SPIRE : Coucou nous revoilà. Rebonsoir. Mon invité suivant est aussi un professeur que vous avez souvent vu dans cette émission. Spécialiste du comportement humain et auteur de nombreux ouvrages tels que heu La Machine Humaine Attend. S'il vous plaît un petit bravo pour le professeur de psychologie à l'université du Chemin de la Croix de Ribblesdale New York hum H. Balaglas (*A de rigueur. Entre le professeur Balaglas*).

SPIRE : Bien le bonjour monsieur le professeur. Voilà un bout de temps qu'on ne vous avait vu.

BALAGLAS : Pardon.

ENDERBY : L'université où vous êtes. Je n'ai pas très bien saisi le.

BALAGLAS : Chemin de la Croix.

ENDERBY : Catholique.

BALAGLAS : Il y a également des protestants. Des juifs. Des adventistes du cinquième jour. Disons que nous sommes d'esprit écuménisque (*?*).

SPIRE : Et vous monsieur le professeur vous aussi vous aimez la violence ? (*A et quelques R*).

ENDERBY : Je n'ai jamais dit que je l'aimais et j'ai précisé aveugle bon Dieu.

BALAGLAS : Assurément non et je le proclame bien haut. C'est le fléau des fléaux de notre époque. Et l'une des nécessités qui s'impose à nous de la façon la plus urgente est de la laminer (*?*). D'ailleurs c'est là une chose à laquelle dans mon secteur, comme dans d'autres universités mes collègues dans le leur, j'accorde la priorité à la recherche. (*Court silence puis A clairsemés*).

ENDERBY : Jamais vous ne parviendrez à supprimer la violence. Voir péché originel.

BALAGLAS : Pas d'accord sur ce point je tiens à le déclarer bien haut il est capital et urgent il faut que nos villes deviennent des lieux où l'on puisse se promener la nuit sans se faire assommer ou violer ou assassiner à chaque instant (*A*).

ENDERBY : (*début de phrase inintelligible*) à tout instant.

SPIRE : Oui mais comment faire monsieur le professeur.

BALAGLAS : Par le renfoncement (*?*) de mesures positives. La prison ni aucune forme de châtiment ne peuvent (étoffer ?) (*? ?*) le désir de s'instruire. On a déjà essayé le lavage de cerveau moyen purement négatif autrement dit utilisant la peur de la souffrance mais le procédé est foncièrement inhumé (*? ? ?*). Ce qu'il faut c'est conditionner l'esprit humain de telle sorte qu'il n'attende la récompense que s'il fait le bien et non l'inverse.

ENDERBY : Quel inverse ?

SPIRE : Mais la psychologie monsieur le professeur comme l'a dit votre honorable collègue ?

ENDERBY : Pas bon Dieu permis de raconter des inerties (*?*) pareilles. Vous coupez le fil infiniment ténu du libre arbitre humain, de toute décision ethnique (*?*) (*étique ? ?*). L'homme devrait être libre de choisir le bien. Mais où est le choix s'il n'y a que le bien. Il tombe sous le sens que c'est inconsolable (*? ?*) sans le bal (*? ? ?!*).

BALAGLAS : Non je, pas d'accord, je proclame. Inhibé et contritionné (*? ?*) à quoi mène le choix humain. Aux excès et à la multiplication du viol et de l'agression (*A*).

ENDERBY : En d'autres termes au péché originel. Ce qui nous ramène au chemin de la croix.

BALAGLAS : Pardon.

ENDERBY : Donc vous n'êtes pas chrétien.

BALAGLAS : Rien à boire rien à boire. Nous sommes tous dans le même sec (*? ? ?*) (*A*).

SPIRE : Bref monsieur le professeur vous estimez possible de rendre les gens meilleurs grâce à comment dire des heu...

BALAGLAS : Exactement. Et c'est déjà en train. Il y a des volontaires dans nos prisons. Dans nos universités aussi. Notre belle institution du Chemin de la Croix s'enorgueillit du palmarès de ses volontaires.

SPIRE : C'est justement ce que (*le reste est couvert par de bruyants A*).

ENDERBY : Si je vous comprends bien la collectivité est plus importante que l'individu.

BALAGLAS : Pardon.

ENDERBY : Vous n'avez pas bientôt fini avec

votre foutue manie de me demander tout le temps pardon pardon. Je disais que selon vous les êtres humains devraient renoncer à la liberté du choix pour délivrer la collectivité de la violence (*A*).

BALAGLAS : Exactement. Vous l'avez dit mon cher collègue à haute et intelligible voix. Foutument intelligible même si l'on me permet de vous emprunter une de vos locomotions (*???*) favorites. Oui l'individu doit sacrifier jusqu'à un certain point sa liberté au profit de ses concitoyens (*A prol*).

ENDERBY : Quelle foutue inertie (*??*) c'est menstruel (*????*). La définition même de l'être humain c'est la liberté du choix. A partir du moment où on l'incite à faire ce qu'on lui dit être le bien pour la seule et unique raison qu'il aura droit à un susucre au lieu d'un coup de pied dans le derviche (*??*) alors plus question d'ethnique (*?*) (*étique ?*). Qu'est-ce qui empêcherait l'État de lui expliquer qu'il est bien de se répandre partout afin de casser la gueule aux gens de violer d'exterminer les autres nations. Et qu'est-ce qu'il a fait d'autre jusqu'ici l'État. Songez à vous-mêmes et à votre foutue guerre du...

SPIRE : A tout de suite chers amis on a un important message à vous communiquer. Restez avec nous. A tout de (*début prématuré du message pub*).

(*Musique. Image d'orchestre. Plans du public.*)

SPIRE : Vous assistez à l'émission Spire-Lance. Dans quelques instants la suite de notre programme. Veuillez excuser cet incident technique.

(*Quelques instants d'interruption.*)

SPIRE : Je vous rappelle que nous sommes en compagnie de deux professeurs, le professeur Balaglas psychologue et le professeur hum Endivé poète. Monsieur le professeur Balaglas...

BALAGLAS : H. Balaglas. H comme homme (*court silence puis A*). Homme comme les autres (*court silence puis A*).

ENDERBY : Cela correspond à quel prénom ce H. Je m'en doutais bien que vous n'étiez pas chrétien.

SPIRE : Monsieur le professeur croyez-vous que les films les livres et heu l'art en général soient capables d'inciter des jeunes gens à la violence au viol à l'agression brutale, etc. (*A*).

BALAGLAS : Il existe à mon avis d'amples preuves que les esprits impressionnables et pas seulement ceux appartenant aux divers groupes d'âge de la jeunesse peuvent être incités à des comportements antisociaux par les représentations artistiques de hum d'actes antisociaux. Je citerai par exemple ce qui s'est passé dans la ville d'Inversnaid dans l'État de New York pas tellement loin de Ribblesdale où comme vous le savez j'ai l'honneur de faire partie actuellement des titulaires de chaire de l'université qui y siège heu l'exemple disais-je de ce jeune homme qui après avoir tué son oncle a déclaré avoir commis son crime sous l'influence du film tiré de Hamlet par Sir Laurence Olivier.

ENDERBY : Quel âge avait-il. Je vous demande *son âge*.

BALAGLAS : La trentaine environ. Et c'était un grand déséquilibré.

ENDERBY : Et son oncle venait tout juste d'épouser sa mère je pense ? (*R*). La mère de ce garçon. Pas celle de son oncle (*R*).

BALAGLAS : Mes souvenirs ne vont pas jusque-là. Ce qu'il faut retenir c'est qu'il a tué son oncle comme dans le film. D'ailleurs si ma mémoire est bonne les choses se passent exactement de même dans la pièce d'où l'on a tiré le film.

ENDERBY : La pièce de Shakespeare.

SPIRE : C'est juste. Et vos conceptions personnelles vous inclineraient-elles à restreindre l'audience dont jouissent de tels spectacles monsieur le professeur.

ENDERBY : Sûrement pas. Foutue idée. Ridicule.

SPIRE : Je m'adressais à monsieur le professeur, monsieur le professeur (*R et A*).

BALAGLAS : Eh bien mais comme il nous incombe de contrôler de très près l'envérolement (*???!!*) et que les œuvres d'art les films et autres en font partie il en résulte que dans l'intérêt de la société une forme de contrôle devient nécessaire. Il y a trop de films et de livres immoraux et il y en a aussi trop de violents (*A*).

ENDERBY : Mais nom de Dieu c'est du total ritalisme (*? ? ? ?!*). Vous voudriez que les enfants ne soient pas autorisés à lire ni à aller voir Hamlet sous le prétexte qu'ils seraient fichus d'assassiner un de leurs oncles. De ma vie je n'ai entendu discours plus Pétrograd (*? ? ? ? ?*) plus stupide ni plus dingue. Mais bon Dieu par tous les noms du Christ...

BALAGLAS : Je me prénomme Homard (*? ? ? ?*) (*Hommer ? ? ? ?*) avec un H comme Homme combien de fois devrai-je le répéter (*A mêlés de R*). Appelez-moi Homard (*Homer ? ? ? ?*) si cela vous chante, mais cessez de blasphémer (*A nourris*).

ENDERBY : Homard (*? Homer ? ? ? ?*) ou pas, ce que je veux dire, espèce d'imbécile, c'est qu'avec vos inerties (*? ?*) vous ne voyez donc pas que personne n'aurait plus le droit de rien lire, pas même Alice au pays des mères vieilles (*?*) parce qu'on y dit Coupe-lui la tête ni le Petit Poucet parce que l'ogre mange ses filles.

BALAGLAS : J'ignore quelles sont les règles de savoir-vivre qui ont cours dans la partie du globe d'où vient le professeur Baderny, mais je ne lui reconnais certainement pas le droit de me t-t-t-traiter de-de d'imbécile (*Bruyants A*).

SPIRE : Je crois qu'une courte récréation serait la bienvenue. Restez avec nous chers amis (*A*).

(*Spot publicitaire.*)

SPIRE : Je suis sûr que nos amis téléspectateurs auront su apprécier l'intéressant lapsus de notre invité le professeur Balaglas. Après ce petit incident... homerdique (*!?!?!*) (*R et A*) nos deux valeureux champions de l'érudition se sont serré la main dans l'intervalle...

ENDERBY : Personnellement je maintiens qu'il a délibérément cherché à m'insulter. Ce n'est pas ma faute si j'ai l'âge que j'ai.

SPIRE : Bien sûr bien sûr. D'ailleurs s'il a jamais existé nom aussi inconvenant, convenant aussi mal veux-je dire à la personne qui le porte, c'est bien celui de notre autre invitée, la toute belle toute charmante toute talentueuse et d'abord toute JEUNE vedette de tant de films L'Écho Fatal Tu Es Belle et J'en Meurs L'Amour Est un Volcan en attendant L'Image Humaine que nous verrons très bientôt chers amis elle est ici la voici j'ai nommé... Hermine Baderniska. (*Vifs applaudissements prolongés et entremêlés de sifflets masculins admiratifs, saluant l'entrée de H.B. qui après avoir embrassé sur les joues Spire et le prof. Balaglas sans s'occuper d'Enderby, s'assied.*)

SPIRE : Miamiam on en mangerait (*R mêlés d'A*).

ENDERBY : Ah je comprends c'était vous.

HERMINE : Si c'est moi ? Je veux. Et même un peu moi. Pourquoi ? Vous les préférez au berceau ? (*R mêlés d'A*).

ENDERBY : Non, j'avais cru qu'il faisait (*le mot est noyé sous les A : illusion ? ?*).

SPIRE : Chère Hermine si vous me permettez de vous appeler ainsi.

HERMINE : Je vous en prie pour vous ce sera gratuit (*R et A*). Excusez-moi mon chou mais comment m'appeliez-vous avant? (*R et A*) Avant cette soirée très intime, je veux dire (*R et A*).

SPIRE : Eh bien donc cher Hermine aimeriez-vous être violée? (*R nourris et prolongés accompagnés de nombreux plans de spectateurs dans le studio, tous riant à gorge déployée.*) Au cinéma bien entendu. Sérieusement (*R*).

HERMINE : Sérieusement, oui. A supposer que ça se présente que j'aie à jouer le rôle d'accord oui mais je ne crois pas vraiment non oh quoique si peut-être s'il y entrait comment dire vous savez bien une part de morale et que le type ait ce qu'il mérite tout de suite après ou même juste avant qu'il arrive à ses fins, qu'on lui fasse avaler ses dents est-ce que je sais moi, mais surtout pas de revolver non le revolver ça serait trop beau pour lui. Ce qui est sûr en tout cas c'est que ça alors jamais je ne marcherais si c'était pour tourner le rôle d'une religieuse comme dans cette espèce de film allemand. C'est contraire à la religion.

ENDERBY : Vous savez ce n'est pas que je sois pour. Pour ce film allemand comme elle dit. Qui d'ailleurs est interdit en Allemagne soit dit en passant.

SPIRE : Nix Deutschland pour le "Deutschland" (*R*).

ENDERBY : C'est un point qui mérite d'être précisé, il me semble, non?

HERMINE : C'est à moi que vous le demandez? (*R*)

ENDERBY : Le film n'a presque plus rien à voir avec le poème.

SPIRE : Et c'est quoi le poème ?

ENDERBY : Le poème s'inspire directement d'un. L'auteur Gerald ment (*?*) laid (*? ?*)...

HERMINE : Vous voulez dire qu'il n'y a pas de viol dans le poème ? (*R*) Qu'est-ce qu'on y fait alors on y effeuille la marguerite ? (*R*)

Suant à grosses gouttes sous la lumière des projecteurs et le poids de son évidente impopularité, Enderby regarda cette incarnation féminine de la dureté qui exhibait, jusqu'à la périphérie même de l'aréole, de formidables seins rigidement soutenus et était vêtue d'une sorte de taffetas d'une rutilance à donner envie d'en manger. Le nom, songea-t-il : aussi artificiel que les ors de l'énorme perruque. Il dit :

— Assez fort dans le genre, je l'avoue. C'est du nom que je parle. Le vôtre. J'imagine que, en réalité, vous vous appelez quelque chose comme, voyons, Irma Polansky. Non, attendez, Badermann. Je brûle, non ?

Elle lui rendit son regard avec un maximum de dureté.

— Est-ce que vous lisez beaucoup de poésie, mon cher professeur ? demanda Spire-Lance.

— Mon Dieu, j'ai peur de n'en avoir guère le temps actuellement.

L'espèce de Balaglas faisait des effets de glace avec ses verres et la lumière des projecteurs. Il avait un visage mou de fils trop attaché à sa mère et arborait une atroce cravate à pois.

— Vous savez, c'est du travail, de réfléchir à tous les problèmes que peut soulever une chose comme cette espèce de film dont nous discutons aujourd'hui.

Il y eut des rires. L'assistance était pleine de bouches que l'on eût dites constamment aux aguets, lèvres entrouvertes pour saisir la moindre occasion d'extase.

— J'ai une collection de disques de rock, comme tout le monde, naturellement. C'est aux poètes d'établir le contact avec les gens. Les poètes auront leur petite utilité dans l'administration des choses humaines de demain, promit-il. La poésie, la poésie rimée, a une valeur considérable en hymnopédie, autrement dit dans l'enseignement de l'art du sommeil. Une grande part de ce que l'on écrit aujourd'hui sous le nom de poésie...

— Que *qui* écrit ? s'enquit Enderby.

— Je ne parle pas de vous, mon cher collègue. Je n'ai jamais rien lu de vous. Il est possible que vous soyez la clarté, la limpidité mêmes, autant que j'en puisse juger.

Il y eut des rires.

— Entendons-nous, vos paroles à mon égard ont été d'une clarté qui ne laissait place à aucune équivoque, ce soir.

Cette fois ce furent de très grands rires.

— Ce que je m'efforçais de souligner, dit Enderby, à propos du nom de celle-ci, c'est-à-dire...

De l'épaule, il désigna la vedette.

— Ce que je m'efforçais de souligner, c'est que vous avez là un exemple, à une petite échelle, bien sûr, du processus de création poétique. Hermine, qui suggère l'opulence, la fortune, les douceurs du luxe. Baderni, le piment du contraste évident avec sa presque-jeunesse, une jeunesse plus *très* jeune, certes, mais c'est le sort commun, n'est-ce pas ? Et le nom est là pour nous le montrer en nous faisant frémir d'un petit frisson de gérontophilie.

Spire-Lance n'avait pas l'air de goûter beaucoup son emploi. C'était un homme expert en l'art de toujours paraître avoir le dessus, avec le mot pour rire et le clin d'œil approprié. Mais cette fois l'œil, vitreux, faisait penser à celui d'un lièvre mort et pendu par les pattes.

— Aïe, au viol, lança-t-il à tout hasard.

Mais il mesura aussitôt la malséance et la bassesse auxquelles il se laissait entraîner. Pas le moindre rire dans l'assistance. C'était justice.

Pas folle la guêpe Mlle Baderniska y alla de son petit couplet :

— C'est drôle, mais il me semble bien avoir appris autrefois un poème sur une histoire de naufrage.

Il y eut des ricanements de soulagement.

— Celui du Lusitania, peut-être ? dit le brillant professeur Escaglasse (*?*).

— Nan... Celui-là disait : « L'enfant était debout sur le pont qui brûlait... »

Un souvenir d'écolier, d'une exquise grossièreté, jaillit de la mémoire d'Enderby. C'était un truc sans bavure. La poésie ordurière a besoin de cette rigueur quasi augustinienne. Il récita :

— « L'enfant était debout à la barr' des témoins, Se curant le nez à tout va... »

Il y eut de bruyantes protestations — non mais, dites donc ! — et Spire-Lance saisit vivement un sachet de quelque chose, parmi les divers spécimens de produits commerciaux planqués derrière la table aux cendriers et aux verres d'eau.

— Je crois, s'écria-t-il, que le moment est venu de vous passer encore un message important. Votre poulet frit est-il trop gras, mes cocottes ? contre-récita-t-il.

— ... « Et visant les jurés de son regard en coin. Il leur en envoyait des paquets gros comm' ça. »

— Parce que si vous l'aimez mieux croustillant et croquant comme les os en dedans, voici la recette.

Aussitôt, une petite armée de régisseurs et de valets, gras et gesticulants, se mit à galoper partout dans le studio et, sur les écrans de contrôle, apparut un poulet huilé, doré, suant abominablement la graisse.

— D'accord, d'accord, disait Spire-Lance pendant ce temps, je vais prendre Jakes Summers tout de suite. Écoutez, poursuivit-il à l'intention d'Enderby, ça suffit pour l'obscénité, hein, compris ?

— Je faisais seulement mon possible pour m'en tenir à la vulgarité, dit Enderby. C'est le caractère même de cette émission, de toute évidence.

— Pas jusqu'à votre arrivée, mon joli, se risqua à dire Mlle Baderniska.

— Vous alors, dit Enderby, sauf votre respect, la quantité de néné que vous montrez n'est guère faite pour inciter le monde à des discours qui se maintiennent à un haut niveau intellectuel.

— Non mais écoutez-le... « Cachez ces seins... »

— *Ce* sein, mademoiselle. Collectif, entité double.

— Entité ! Non mais vous l'entendez ? Je n'admets pas qu'on emploie un mot pareil en parlant de moi. Je les connais, les fumiers de son espèce...

— Et moi, je n'admets pas qu'on me traite de fumier...

— Tous des obsédés sexuels ou des pédales...

Spire-Lance se composa un visage de calme angélique et, s'adressant à la caméra et au public, dit :

— Coucou je suis là, chers amis. Et maintenant voici l'auteur qui avec chacun de ses succès à Broadway pourrait se payer une fusée pour la lune. Quelqu'un a dit un jour qu'il n'y avait au monde que deux hommes de théâtre, Jakes Speare et Jakes Summers. Eh bien, je vous présente l'un des deux.

Par-dessous le bruit des applaudissements à l'entrée à pas comptés d'un petit homme presque chauve, air de fonctionnaire à lunettes et chemise de polo, Enderby dit à Mlle Baderniska :

— Je suppose que ce n'est pas cela, la vulgarité, pour vous, hein ? Je t'en foutrais du Jakes Speare ! Et il y a autre chose que je tiens à vous dire... je n'admets pas qu'on me traite de sale pédale.

— Je n'ai jamais dit cela. J'ai dit que les Anglais sont des obsédés sexuels quand ils ne sont pas pédales. Bouclez-la, voulez-vous.

Car Spire-Lance chantait maintenant à n'en

plus finir les louanges de l'espèce de Summers, sous le nez même du bonhomme.

— ... cinq cent quarante-cinq représentations, c'est le chiffre que je vois là, noté de ma main. A quoi attribuez-vous ?...

La modestie de Summers était empreinte de lassitude.

— Question de style, je pense. Et de propreté, je pense. Dans mes pièces, quand on fait ça, c'est toujours dans la coulisse *(R et A)*. Non, si, c'est vrai. Le sexe et la violence, qu'on en parle aux gens, d'accord, mais sans les montrer, tel est mon avis *(A mêlés de R)*. On a parlé de poésie, reprit-il. Moi aussi j'en ai écrit autrefois. Et puis j'ai fait la connaissance d'un type sur son gros yacht et il m'a dit Laisse tomber, petit, c'est zéro *(A)*.

Enderby eut la vision du visage, supplicié dans l'extase, du Père Hopkins chevauchant le jeune clairon, et il perdit la tête.

— Ordure, dit-il. Ordure et vulgarité.

— Oh ça va, la ferme, voulez-vous, dit Mlle Baderniska.

Et le professeur Deglace dit :

— Le lieu se prête mal, dans l'immédiat veux-je dire, à la formulation, de ma part, d'un diagnostic quant à heu l'état de surexcitation constant et heu voisin de la folie de mon honoré collègue le professeur Entredeux. Quoi qu'il en soit, il faut regarder la réalité en face. Le monde a changé. L'Angleterre n'est plus le centre d'un empire mondial. La langue anglaise a trouvé sa plus belle et sa plus fine heu fleur sur un certain territoire colonial, pour reprendre les termes de ce monsieur.

— A la bonne heure, dit Mlle Baderniska. Ça c'est parler en homme.

— Ne soyons pas trop injustes, dit Summers. Vous oubliez les petits gars à la guitare, comment les appelle-t-on ? Vous savez bien... les Betteraves ? *(R et A)*

— Il a l'impression qu'on en veut à sa virilité, poursuivit le professeur Laglacière. Remarquez le costume, façon heu d'affirmer heu la virilité depuis longtemps éteinte d'une nation. Il pense que la fin de l'homme est proche. L'homme de son type.

— L'apocalypse selon saint Georges, dit Summers.

La salle hurla de rire.

— Oui, il y a dans une de vos pièces ce type de personnage, d'homoncule, dirais-je. L'homme dans son humanité. L'homme en tant que *toi* et non en tant que *id*, que *ça*. L'homme comme personne et non comme objet. Mots faibles, sans doute, pâles approximations, mais qui donnent une idée de la chose. C'est de l'homme autonome que sonne aujourd'hui le glas, l'homme dans l'homme, l'homoncule, le démon possesseur, l'homme qui trouve sa défense dans les littératures de liberté et de dignité.

— Tu l'as dit bouffi, dit Enderby. C'est parfaitement résumé.

— Il y a belle lurette qu'il aurait dû disparaître. Il s'était érigé sur notre ignorance, et plus s'accroît notre entendement, plus cet homme perd de sa consistance et de sa substance. La science ne déshumanise pas l'homme, elle le déshomonculise, et c'est pour elle un devoir et une nécessité, si elle doit empêcher la disparition de l'espèce humaine. Dans la pièce à laquelle je faisais allusion tout à l'heure, et qui a pour auteur votre grand confrère, monsieur Summers, Hamlet dit de l'homme : « Si pareil à un dieu. » Pavlov, lui, a dit : « Si pareil à un chien. » Et pourtant c'était un pas en avant. L'homme est beaucoup plus qu'un chien, mais tel le chien il tombe dans le champ de l'analyse scientifique.

— Écoutez, cria Enderby par-dessus les applaudissements. Non, non et non, je refuse ! Nous sommes libres, libres d'encaisser le châtiment. Comme Hopkins. Je vous vois d'ici penché sur lui et l'observant en train de faire ça, avec votre foutu petit nœud papillon tiré au quart de poil, oui l'observant et disant : « Si pareil à un chien. » Eh bien, croyez-moi, il est assez puni avec cette saloperie de film en trucoscope ou autre connerie d'enfantillage, comme vous dites. C'est ça son enfer. Il n'était que vésicule atrabiliaire et cardialgie.

— Que ne prenait-il Gastral l'ennemi des vents, dit Jakes Summers, récompensé par des hurlements de rire.

Enderby se retrouva en quelque sorte remisé sur une voie de garage.

— La publicité c'est mes oignons, Jakes, dit Spire-Lance ravi. Justement, tenez, il est grand temps que nous laissions un petit instant la place à...

— Ah mais foutre non, pas question ! vociféra Enderby. Vous pouvez vous le garder, votre putain d'homoncule, c'est tout ce qu'il vaut...

— Je vous demande pardon, mais c'est vous qui y croyez, à l'homoncule...

— La violence et le péché ont toujours été le propre de l'homme et le seront toujours.

— Sauf qu'aujourd'hui le moment est venu pour lui de changer.

— Jamais il ne changera, ou alors ce ne sera plus l'homme. Vous ne voyez donc pas que tout est là : le drame de la vie, l'éclat de la pourpre, le tragique...

— Oh là là, soupira comiquement Summers, aussitôt gratifié de *R* et de *bruyants A*. Ce n'est pas le moment de rigoler, ajouta-t-il, échappant quelque peu, cette fois, à la compréhension du public.

— L'évolution d'une culture, dit le professeur Verglas, est un formidable exercice de maîtrise. On dit souvent que l'examen scientifique de l'homme ne va pas sans vanité blessée, ni sentiment d'impuissance, nostalgie...

— Nostalgie signifie mal du pays ! cria Enderby. Et c'est notre maladie à tous. Notre patrie naturelle, c'est le péché, l'ivresse de la couleur et des choses, et nous crevons d'envie de la retrouver...

— Tiens donc, c'était ça ? dit Mlle Baderniska. Beurré à mort, hein, c'est donc ça ?

— Le mal du passé, voilà ce que nous avons ! Enderby en aurait pleuré, mais il prit feu juste comme Spire-Lance disait :

— Et maintenant, je passe la parole à notre annonceur...

Il se dressa et se mit à déclamer :

— *Car voici, s'arrachant à l'étreinte de*
glèbe,

Le gris terré s'enfuit, à la grand-joie du cœur,
Cependant qu'ici là montrant sa robe pie
Hennit bleu mai nouveau dans le ciel frais-pelé !

— Spécial messieurs, annonça Spire-Lance. S'il en est parmi vous à qui il arrive de ne pas se sentir tout à fait, vous me comprenez, à la hauteur, alors regardez bien...

Il élevait dans ses mains un produit apparemment baptisé Virisex Super. Puis il se tourna vers Enderby, comme tout le monde, y compris les valets et régisseurs en sueur. L'orchestre, qui paraissait disposer d'un ensemble complet de cuivres wagnériens aussi bien que d'innombrables saxophones et d'un timbalier réglementaire trônant très haut en majesté, déchaîna ses bruits de basse-cour et ses percussions.

— Là-haut de vif-argent et de folle turquoise ; ou nuit, plus haute encore,
Tremblant de tous ses feux, avec sa Voie Lactée doux phalène poudreux,
Quel est-il donc ce paradis où le désir parvient à vos vertiges,
Ce trésor qui toujours se refuse au regard comme aux magies de l'ouïe ?

SPIRE : Bon, ça va, c'est râpé. On ferait aussi bien d'enchaîner tout de suite sur Harry.

ENDERBY : On m'encule (*? ? ? ?*) (*homme encule ? ? ?*) merde alors. Je vous en foutrai de l'homme au cul (*? ? ? ? ? ? ?*). Honte et déclin de l'humanité !

HUIT

— Et non seulement ça, dit le type qui buvait au bar. Mais, votre reine d'Angleterre, elle est propriétaire de la moitié de Manhattan.

— C'est un mensonge, dit Enderby. Et d'ailleurs, vrai ou faux, je m'en fous.

C'était un petit bar sombre et crasseux, non loin des studios de télévision d'où Enderby s'était fait, non pas exactement expulser, mais reconduire par un ou deux portiers non sans acrimonie. L'émission enregistrée ne pouvait, estimait-on, passer telle quelle ; et on l'avait expliqué même au public — lequel avait manifesté de la colère, jusqu'à ce qu'on lui eût expliqué aussi qu'on allait tout recommencer, sans Enderby cette fois.

— Ah bon, et pourquoi ça ? demanda le type. Z'êtes pas bon patriote ?

Il avait un visage rond et luisant comme une pomme, mais une pomme malsaine, comme si le ver avait été dedans. Il reprit :

— Tout de même, votre Churchill, c'était un grand homme, non ? Il demandait qu'à foutre la pile aux cocos.

— Il était à demi américain, dit Enderby avant de boire une petite gorgée de son écœurant whisky sour.

— Je vois pas ce qu'y a de mal à ça. A moins que vous ne prétendiez le contraire ?

— Six ans de guerre avec ces salauds de Fritz, dit Enderby, et il aurait fallu remettre ça avec ces bondieu de Russkis le temps d'une autre paye, six ou soixante ans. Mais lui, il avait toujours des cigares gros comme ça, pendant que nous nibe, pas le moindre clope.

— Qui c'est qu'est une lope ?

— Clope, pas lope. Cigarette, expliqua Enderby. Tant que t'as un lucifer pour rallumer ton clope, garde le sourire fils... Vous voyez le genre ?

— Ma mère était allemande. 'trement dit je suis demi-allemand. C'est-y que vous auriez quelque chose à redire à ça ?

Puis :

— Vous seriez pas dans la religion, des fois ? Vous avez bien parlé de Lucifer, tout à l'heure ?

— Le porte-lumière, oui. Une allumette, c'est-à-dire. Pour allumer les clopes.

— Ça c'est parlé. Je te le leur foutrais le feu quéqu' part, moi, aux lopes. Salauds de pédés. Le péché originel, c'est une invention des pédales. Le Péché de Sodome. Vous avez lu ce livre ?

— Je ne pense pas, non.

— Jack, dit le type à l'intention du barman, tu l'as toujours, ce bouquin ?

— Non, je l'ai rendu à Patate.

— Dommage, dit le type. Mais on le trouve partout. Où c'est que vous allez comme ça ?

— Plus le sou, dit Enderby. Juste mon retour de métro.

— Bon, bon. N'empêche que votre Queen d'Angleterre, la moitié des terrains bâtis du quartier de Queens, ici, lui appartient. Même que c'est sans doute pour ça qu'on a donné ce nom au secteur.

Point trop mécontent, Enderby se dirigea sans se presser vers la gueule infernale du métro de Times Square. En tout cas il leur avait dit ce qu'il pensait, à ces fumiers. Pas tout ce qu'il avait espéré leur dire, apparemment; mais c'était un domaine qui échappait parfois au quantitatif. Il passa devant une gigantesque crêperie illuminée, qui lui donna faim. Non, manger pour vivre et non pas vivre pour manger. Un énorme Noir pleurnichard se détacha pour lui mendier en geignant une pièce de monnaie. Enderby fut en mesure de répondre sincèrement qu'il n'avait plus un sou, rien que son ticket de retour en métro. Donne toujou', mon 'ieux, donne; moi ji li rivends ça pour trente *cents*. Et moi, alors, comment est-ce que je rentre chez moi ? Ça c'y est ton affai', mon 'ieux, pas la mienne. Enderby secoua la tête avec compassion. Deux autres Noirs et un Blanc, dépossédés ou détachés de tout, s'étaient réunis pour former un petit orchestre de rue, pour leur propre plaisir, apparemment : guitare, flageolet, tambourin. Musique populaire. Était-ce une approche possible ?

Saint Gustin y a dit tous y êt' nés dans péché
Pasque quand Maman Eve elle a mo'du dans pomme
Lé se' pent y est ent'é

Il secoua tristement la tête et s'enfonça sous terre, en se demandant pour la première fois s'il était bien nécessaire de pousser le scrupule jusqu'à passer par le tourniquet en fourrant un jeton dans la fente, quand tant de jeunes, noirs ou café au lait, utilisaient tranquillement, sans rencontrer d'obstacle officiel, le portillon de la sortie pour entrer. Il y avait partout des tas de représentants d'ethnies — comme on disait stupidement — diverses et bruyantes; mais Enderby n'avait pas peur. Et la raison n'en était pas seulement la conscience de son armement prohibé. C'était plutôt le fait de se sentir *integer vitae* et, aussi, engagé vis-à-vis d'un monde où l'on devait bien admettre que l'agression pure et simple fait partie du contexte humain. Mourir parmi le fracas et les gueulantes de la Neuvième de Beethoven, ou bien vivre dans un monde rassurant et idiot de carillons d'horlogerie?

Il monta dans une rame, en proie à ses pensées, puis se rendit compte de son erreur. Au lieu du métro express menant à la 96e rue, c'était l'omnibus. Tant pis. Il vit, non sans intérêt, que parmi les rares passagers, tous inoffensifs, se trouvait une religieuse. Elle n'appartenait pas à l'espèce que l'on rencontre en Europe arriérée ou en Afrique du Nord, car elle portait l'habit conforme aux réformes récentes, fruit d'un libéralisme catholique mal mûri. Le semestre précédent, il avait eu dans l'une de ses classes — bien qu'il eût mis longtemps à s'en apercevoir, car elle était vêtue d'un maillot rayé de marin et d'un pantalon à pattes d'éléphant — une religieuse. Lorsqu'il avait découvert qu'elle s'appelait Sœur Agnès, il s'était demandé si elle ne faisait pas partie d'une vague mission auprès des femmes de marin. Mais un jour elle avait cessé de venir aux cours, apparemment écœurée par les explosions blasphématoires auxquelles s'abandonnait parfois Enderby. Celle du métro portait une jupe courte, montrant des viandes blanches sous ce qui ressemblait à des bas de fil, une pèlerine pudique, une croix pectorale assez lourde et la guimpe de son ordre. Elle avait un visage rond et luisant d'Irlandaise, avec une touche de rouge à lèvres. De ce monde sans pourtant en être. Sur les genoux, un sac en plastique portant le nom des magasins Bloomingdale. Elle souriait à une petite vision intérieure, peut-être l'image de sa bouilloire sur la plaque chauffante, avec la chanson de l'eau pour lui mettre du baume au cœur, ou un énorme sandwich de veau bien épicé l'attendant pour le dîner. Enderby eut pour elle un regard de tendresse.

Les deux butors basanés qui montèrent, accélérant du même coup le pouls d'Enderby, parlaient, non l'espagnol, mais le portugais. Des Brésiliens, nouveau piment pour le ragoût d'ethnies ; bourrés de sang indien ceux-ci. Enderby eut aussitôt peur pour la religieuse ; mais elle semblait protégée par son uniforme révisé, à moins que ce ne fût par la superstition des deux hommes. Au lieu de s'intéresser à elle, ils louchèrent du côté d'une jeune laïque blonde plongée dans la lecture d'une espèce d'épais manuel universitaire, probablement de sociologie comme on dit, presque à l'autre bout du wagon. CRISTO 99. JISM 292. Ils portaient le pantalon évasé, clouté de boutons dorés sur les coutures de la taille à la cheville. Leur veste était du style boléro et blasonnée de symboles de destruction et de mort : foudre, loup-garou, faisceaux de licteur, Union Jack, svastika. L'un d'eux portait une ceinture à boucle *Gott Mit Uns*. Debout, caressant doucement et brunement de la main gauche leur braguette métallique, ils parlaient entre eux. Avidement, Enderby tendit l'oreille.

— *E conta o que ele fez com ela e tem fotografia e tudo.*

— *Um velho lélé da cuca.*

Apparemment, ils parlaient de littérature. A l'arrêt suivant, ils sourirent largement à la ronde, firent de l'œil à la fille au gros manuel, une génuflexion pour rire à la nonne, et descendirent.

— *Boa noite*, dit Enderby.

Parmi la fidèle clientèle de son bar, à Tanger, il avait compté autrefois un saoulard dans les règles, originaire de Santander et fort enclin dans l'ivresse à revendiquer l'héritage deutérocharlien.

Tout le wagon parut retrouver discrètement sa respiration. Deux stations plus loin, trois charmants jeunes gens, très HSP et Nouvelle Angleterre, du moins à ce qu'il apparut à Enderby, montèrent. Deux d'entre eux avaient les yeux verts comme l'océan entre Plymouth et Plymouth Rock. Le troisième avait la pupille couleur de thé fort. Ils avaient des visages de chérubin et des *duffle-coats* fermés par des brandebourgs à cabillots. Leur chevelure ressortissait à un type de crinière plus ou moins intermédiaire entre l'asepsie de l'espèce nordique et le noir de jais de la verminière latino-indienne.

Sans un mot et avec un sérieux d'infirmier d'hôpital psychiatrique, ou peu s'en fallait, ils se jetèrent aussitôt sur une peu ragoûtante matrone qui se mit à clamer des vocables de détresse méditerranéens. Trépidant et riant, ils la forcèrent à se lever pour trépider comme eux, celui qui avait les yeux thé la tenant par-derrière, pendant que les autres la troussaient brutalement et découvraient sous la jupe une sage et solide culotte bleu marine, que l'un d'eux, après avoir tiré de sa poche une paire de ciseaux à ongles, entreprit de lacérer à petits coups. Seigneur Dieu, non pas ça, pria Enderby. Viol gérontal. La religieuse, qui s'était abandonnée de nouveau à ses rêves de souper, fut plus prompte que lui. Elle s'élança en titubant, car la trépidation du métro s'était accrue, et se mit à cogner sur les jeunes gens avec son sac Bloomingdale. Ravi, le gaillard aux ciseaux se retourna contre elle, tandis que ses compagnons achevaient à la main la mise en pièces de la culotte. Dans l'ultime seconde de résignation désespérée qui précéda son intervention personnelle, Enderby nota, non sans intérêt, que la jeune fille qui lisait poursuivait sa lecture et tournait même la page, qu'un vieil homme dormait d'un sommeil gêné et que deux jeunes Noirs regardaient la scène en mâchonnant, comme s'ils avaient été devant la télévision. Et pourtant Dieu restait muet — comme tous ces gens d'ailleurs.

Enderby trottina au rythme cahotant du wagon et fut soudain là avec sa canne. Dommage, grand dommage de ne pas être ailleurs, avec la bouilloire sur la plaque et le sandwich au veau aux épices. Ravi, le gaillard aux ciseaux se retourna cette fois contre lui, laissant choir la nonne sur le pont et l'abandonnant à ses prières ou à autre chose. Dieu n'en continuait pas moins à se taire — comme eux tous. Et pourtant, ici ou là, des bruits s'échappaient, même d'Enderby, des hhooon, des grrre, des hhraaa.

— Merdre, dit l'un des trois jeunes gens. Balzac !

Tiens donc, instruits ! L'éducation ni l'instruction n'ont jamais rien changé à l'agressivité des gens ; il faut le libéralisme pour nourrir la grande illusion contraire. Le gaillard aux ciseaux s'efforçait de larder Enderby au bas-ventre. Les deux autres, laissant la matrone à ses pleurnicheries et à ses trépidations, ricanaient à la perspective de se payer un croulant. Enderby porta au hasard une botte avec sa canne, laquelle, comme il s'y attendait, fut aussitôt saisie par, chose étrange, deux mains gauches. Il tira à lui. L'épée sortit, à demi d'abord puis entière, nue. Les autres n'avaient pas prévu cela. La lame luisait, très élisabéthaine, dans le wagon qui oscillait — pas commode de rester debout, tous ils pliaient les genoux comme des marins pour suivre le mouvement. Une blanche dame abaissa un regard étonné sur Enderby du haut de son affiche proclamant L'EXPÉRIENCE PAIE ! EMPLOYEURS PRÉFÉREZ-LA ! LOPEZ 95 MARLOWE 93 BONNT SWEET ROBIN 1601. Enderby fit une boutonnière à la gorge à l'un des trois jeunes gens et le sang gicla.

— Gloire à Dieu, pria la nonne en se relevant sur le pont.

Dans sa robe de lait marbrée de sang Brille la pommeraie quand fleurit le printemps. Enderby tenta de porter une botte plus ambitieuse, à un bide ou à un autre. L'épée heurta une ceinture. Il s'efforça d'en piquer un à l'aisselle — celui qui avait le poing levé et serré sur un objet morne et dur. Il poussa une pointe et sur l'acier retiré courut et dansa le sang. Et ronciers ou hameaux tout s'égaie Des cerisiers berçant leurs embruns argentés. Le convoi tangua gauchement et marqua un nouvel arrêt. Le langage explosait bruyamment de tous côtés à présent : espècedefumerdesalauddecochondenculédesalecon. L'un des jeunes gens, le saigné à la gorge, qui rendait maintenant le sang comme un pélican, sauta le premier sur le quai. Enderby poussa une autre pointe vers ce dos tourné, puis eut pitié. Suffisait comme ça. Sans grande conviction, il se contenta de dévier sa lame en direction de celui qui avait échappé jusqu'alors aux attentions du glaive. Aïe aïe ouille. Presque rien en réalité : trop charnu; race au cul généreux. Ils étaient tous dehors sur le quai, celui à l'aisselle percée saignant très méchamment, tous clamant amèrement leur fureur : putaindemerdedefumierdevachedesaleconde filsdeputecochonsalaudfumierenculé et le reste. Les portières se refermèrent et les trois visages furent trois orifices imprécatoires dans l'air du quai. Ainsi va la condition humaine. Pas d'art sans agressivité. Bientôt ils ne furent plus que figures du passé lançant leurs imprécations vers l'avenir. Enderby, essoufflé et palpitant dangereusement, ramassa sur le pont sa moitié de canne fourreau, non sans avoir commencé par s'aplatir sur le nez. Ayant regagné sa place, il rengaina avec le plus grand mal le mince acier taché de sang et tremblant. La matrone, comme figée sur son siège, sac à main sur les genoux, lèvres bleues, voyait des choses qui lui arrachaient des sanglots. La jeune fille au livre tourna de nouveau la page. Le vieil homme somnolait du même sommeil gêné. Les deux jeunes Noirs, assis en tailleur, mimèrent entre eux une escrime oulah sssssash pfffffitt et la suite. La religieuse, toujours debout, dit :

— C'est une arme terrible que vous avez là.

— Vous savez, haleta Enderby, j'ai raté ma station. Ils m'ont fait rater ma foutue station.

— Vous n'avez qu'à descendre et changer à la prochaine.

— Mais je n'ai pas d'argent.

Puis :

— Vous vous sentez mieux à présent ? Et la femme, là, vous croyez que ça va ?

Hormis le choc émotif, ils se sentaient tous mieux à présent.

— Vous n'avez pas besoin de billet pour monter, dit la religieuse. Vous ne serez pas le premier.

Elle reprit :

— Vous ne devriez pas vous promener avec un truc pareil. C'est prohibé par la loi.

— Et la légitime défense, alors ? Je me fiche de la loi.

— Vous êtes anglais ?

Oui-oui, de la tête. Ah, de la tête.

— Il me semblait bien, à votre façon de jurer. Protestant ?

Non-non, de la tête.

— Je me disais bien, à votre figure, que vous aviez l'air d'un catholique.

— Ça ne vous fait pas terriblement peur ? dit

Enderby. De naviguer comme ça. Avec toutes ces histoires de voyous et de viols et de...

— Je me remets entre les mains du Seigneur.

— Foutre, il ne s'est pas tellement pressé de. Voler à. Votre aide.

— C'est à vous qu'il faut demander si ça va. Vous êtes tout pâle.

— C'est le cœur, dit Enderby. Le cœur.

— Je dirai un dizain pour vous sur mon chapelet.

— Commencez par dîner. Un bon sandwich avec une tranche de veau. Et une bonne tasse de.

— Quelle drôle d'idée ! Je déteste le veau.

Enderby descendit à la station suivante mais se refusa à s'offrir le retour gratis jusqu'à la 96e rue. Pusillanimité ? Non, il ne le pensait pas. Ressortissait plutôt à une intégrité foncière ; ne pas s'abaisser, porter un costume évocateur d'une ère d'honnêteté où tout homme bien élevé fouettait les nègres, mais payait ses factures. Il alla donc à pied jusqu'au cinéma Symphonie et songea que ce ne serait pas si idiot d'entrer là et de s'y asseoir, pour se reposer un moment, en profiter pour se faire une fois de plus, s'il en avait la force, une opinion sur certains aspects moraux du *Naufrage du "Deutschland"*, puis rentrer paisiblement et se coucher à jeun. A cela près que, naturellement, au moment de prendre son billet, il se souvient qu'il n'avait pas un sou sur lui. S'adressant à la jeune Noire à lunettes qui, derrière le guichet grillagé, mâchonnait son ennui, il dit :

— 'scusez-moi, mais je voudrais seulement entrer une petite minute. Vous comprenez, j'ai euh participé à la euh création de ce film. Il y a une chose que j'aimerais bien vérifier. Pas que ça m'amuse. Boulot boulot.

Elle semblait s'en moquer éperdument. Elle lui fit signe de passer, désignant l'ombre caverneuse de la salle d'attente, « Voyez le préposé, mon vieux ». Mais tout le monde dans le secteur avait l'air de s'en foutre plus ou moins. C'était l'heure où les gens se moquent plus ou moins de tout. Enderby pénétra dans des ténèbres tempétueuses : les brisants déferlaient sur le bau du *Deutschland* qui craquait sous l'assaut. Et toile, compas, hélice, roue, qui sans âme jamais ne prendraient plus ni vitesse ni vent, il subit tout cela. Apparemment, jugea-t-il maintenant que ses yeux s'étaient faits à l'obscurité, tout ce grand machin audio-visuel n'attirait pas les foules. Un vieillard somnolant d'un sommeil gêné. Quelques Noirs gloussant de rire idiotement au spectacle d'un homme qui, pour sauver la gent féminine affolée tout en bas, s'élançait du gréement, l'extrémité d'une corde enroulée autour de lui, expert et brave à point. Un fort joli travail en plongée de la caméra le montrait précipité dans la mort tout d'un coup, malgré sa formidable poitrine et ses muscles bandés à craquer. Coupe et on enchaîne aussitôt sur nuit et tempête, déchirement d'entendre la clameur déchirante de la foule affolée, lamentations des femmes, cris sans retenue des enfants. Soudain face à ce vain babil une lionne s'est dressée. Gertrude, liliale, sa robe franciscaine déjà lacérée, parlant de courage et de Dieu. Puis retour en arrière — *Deutschland*, nom doublement terrible. Couleurs ingénieusement contrastées : noir des uniformes, blanc des chairs de nonne, rouge d'une bouche hurlante, sang, dans un jardin monastique botte écrasant un petit parterre de narcisses, noir sur jaune. Bref flash de Hitler, vociférant quelque chose (bête féroce de la jungle), à la noire approbation d'une assistance.

Aux frontières pastorales de l'Ouest, sur front de riante campagne galloise, le Père Tom Hopkins, S.J., offrant tous les signes de la conscience mystique ou de la perception extrasensorielle d'un événement effroyable se passant par là-bas quelque part. Posant son bréviaire, il rêve à de jeunes et lointaines amours adolescentes. Puis, Allemagne : Gertrude, encore étudiante et sans cornette, enfiévrée de passion sur fond de *Vogelsang* en Forêt Noire. Assez touchant, au fond, mais beaucoup trop dénudé. Au loin, chant de garçons la Hitlerjugend en marche. Temps difficiles en perspective pour l'humanité. Ja, ja, Tom. Le tout apparemment plutôt inoffensif, songea Enderby. Donnant envie de foutre à la porte le nazisme, sans plus ; mais c'était déjà chose faite en son temps, avec l'aide très vague d'Enderby. Il sortit donc et marcha dans le vent froid de Broadway jusqu'à la 91ᵉ rue, puis traversa en direction de Columbus Avenue.

Là, cela recommença. La pompe à douleur lui remplit rapidement la poitrine, lui coupant le souffle. Le trop-plein de souffrance se déversa dans l'épaule gauche et cascada jusqu'au coude. En même temps les deux jambes furent soudain comme frappées de mort et le bâton à l'âme d'acier dur ne suffit pas à le soutenir. Il chavira doucement sur le trottoir et demeura là, grouillant et s'efforçant de faire front à la douleur et à l'impossibilité de respirer, comme à deux problèmes dont l'urgence exige qu'on les résolve à la fois. La souffrance s'en alla ; l'air pénétra dans les poumons avec le sifflement d'une boîte de conserve qu'on crève. Il n'en resta pas moins étendu sur le trottoir, sentant le froid le gagner à présent. Deux ou trois personnes passèrent, feignant de ne pas le voir, naturellement — un camé, un type qui a pris un coup de couteau, surtout pas s'en mêler, danger. Et qui diable le leur eût reproché, dans un monde qui pense le pire de toute forme d'engagement. Alors comme ça vous l'avez secouru, hein ? Et pourquoi, s'il vous plaît ? Z'avez eu la trouille, hein ? Videz un peu vos poches, pour voir. C'est quoi, ça ? Une pastille digestive ? Non mais, tu rigoles.

Au bout d'un petit moment il put se relever. Le sang et une sorte de douleur salubre refluaient dans ses jambes. Il se sentait bien, très bien, même en proie à une douce exaltation. Après tout, il savait à quoi s'en tenir désormais. Inutile de tirer des plans à longue échéance, tel ce projet d'une Odontiade, par exemple. Assouplissement des obligations artistiques. Seule obligation, en fait : mettre ses affaires en ordre. Rien ne l'empêchait de vivre encore longtemps, peut-être, mais les durées lui seraient dévolues parcimonieusement, à toutes petites doses, comme de l'argent de poche. D'un autre côté, à quoi bon s'échiner à vivre longtemps ? Il s'était assez bien débrouillé. Il avait cinquante-six ans, quatre années de mieux que Shakespeare. Et quant à ce pauvre Gervase Whitelady ! Dans un accès de bonté, il décida soudain d'accorder vie à Whitelady jusqu'en 1637 ; ainsi pourrait-il bénéficier des clairvoyances critiques de Ben Jonson.

Il parvint sans encombre à son immeuble. M. Audley, le gardien noir, était installé dans son fauteuil, au chaud de sa vaste loge, cependant que les multiples écrans du circuit interne de télévision déroulaient leurs mornes programmes : gens emmitouflés tournant au coin de la rue, sous-sol désert, entrée principale tout juste débarrassée de la silhouette d'Enderby. Ils échangèrent un signe de tête, et Enderby eut le droit de pénétrer dans le hall. Il prit l'ascenseur jusqu'à son étage, fut à demeure. Merci mon Dieu, si l'on pouvait dire. Il dégaina son épée ensanglantée et salua d'un moulinet très Régence le gâchis de la cuisine. Puis il essuya le sang sur la lavette à vaisselle. Son estomac, feignant grossièrement d'ignorer les avertissements circulatoires de la journée, gronda pour se rappeler à lui, conscient d'être dans la cuisine, gâchis ou pas.

Dans son abominable épopée des Forsyte ou Frosythie, Galsworthy a placé un épisode, se souvint Enderby, où, sur le tard et au bord de la ruine, l'un des vieux gredins de la dynastie décide de mourir en gentleman en s'offrant un formidable balthazar. Et en grande tenue, nom de nom. Avec pour commencer trois douzaines d'huîtres, cré nom de nom. Mais cré nom il avait oublié de mettre ses dents, et voilà-t-il pas qu'on amenait une paire de côtes de mouton grillées à point. Histoire assez peu ragoûtante, mais qui n'avait pas empêché Galsworthy de décrocher l'Ordre du Mérite et le Prix Nobel. Enderby, lui, n'avait jamais rien décroché, pas même le Prix de poésie des libraires, mais il s'en contrefoutait. Pour l'heure il ne se proposait nullement de se ventrer à en crever, d'une manière sous-forsythienne convenant à son rang ; il était bien plutôt décidé à s'en battre l'œil. A se taper un souper assez substantiel, y compris, puisqu'il se pouvait que le temps lui fût compté, quelques friandises rares. Comme cette fameuse crème glacée au chocolat à la française, roide comme pierre dans son coin du congélateur. *Plus* le petit pâté en boîte pour compléter le grandiose ragoût qu'il envisageait en apothéose, une fois liquidés, pour l'amour de l'ordre, sa collection de Sarah Lee et la portion de patates et de viandéponge qui n'attendait que cela, toute prête et nichée dans sa graisse. Et pour faire passer le tout, le bocal de variantes et le chutney du Major Grey. Depuis toujours il détestait le gaspillage.

NEUF

Le petit souper d'Enderby fut interrompu par deux coups de téléphone. Pendant qu'il expédiait le ragoût (deux boîtes de corned-beef, rondelles d'oignon surgelées, carottes de conserve, consommé de dinde avec émincé — grand modèle —, bonne dose de whisky, choux-fleurs dans le vinaigre, *plus* en définitive les vestiges de viandéponge et le résidu de pommes gaufrette) Mlle Tietjens lui sanglota dans l'oreille, brièvement et sans autre préambule : « Je suis malade, j' vous dis, je suis toute nouée en d'dans, je suis malade, malade, ça ne va pas, pas du tout du tout, j' vous dis » ; et Lloyd Utterage confirma l'exécution imminente de sa menace, tant et si bien qu'Enderby fut contraint de lui dire mais venez donc, ce sera avec joie, sale nègre, amenez-le que je le crève, votre sale bide de négro, ça ne fera jamais qu'un peu plus de sang sur mon épée. Il n'en termina pas moins placidement son repas sur la crème glacée à la française, réduite presque à fusion dans une casserole mise à feu vif, et généreusement étendue de gelée de framboise, le tout tartiné à la cuiller sur de somptueux biscuits pour le thé, sitôt nappés sitôt engloutis. Après quoi, il prit du thé très fort (six sachets de Lipton dans la grande tasse ALABAMA d'un demi-litre) et alluma un cigarillo. Il se sentait mieux, comme on dit — ballonné, toutefois. Il ne lui manquait plus, comme on dit aussi (et la suffisance de l'expression le fit rire), qu'une femme.

Il en survint une tandis qu'il se refaisait du thé. Il eut la surprise d'entendre sonner à la porte sans avertissement préalable du gardien noir en bas dans l'intercom. Tout visiteur était censément visionné, fouillé, signalé au destinataire-réceptionnaire, avant d'apparaître en personne. La femme debout sur le seuil était jeune et très attrayante, pleine d'un charme en quelque sorte rétrograde dans son tailleur gris bourgeois et son manteau en castor du Chili ou en loutre d'Amérique ou autre ondulant par-dessus. Sur ses cheveux châtains, coiffés selon la plus pure honnêteté, était posée une espèce de galette faite dans la même fourrure que le manteau. Elle tenait à la main quelques livres, minces et brochés. Elle dit :

— Monsieur Enderby ?

— Tout dépend... Si c'est au professeur que vous vous adressez... Mais comment avez-vous fait pour arriver jusqu'ici ? Personne n'est censé monter sans... prémonition, vous savez.

— Sans quoi ?

— Sans avertissement préalable du tueur, en bas.

— Oh. C'est-à-dire que j'ai raconté que j'étais une de vos étudiantes et que c'était vous qui m'aviez donné rendez-vous si tard. J'ai eu tort ?

— Et vous êtes vraiment une de mes étudiantes ? demanda Enderby. Je n'ai pas l'impression de...

— C'est tout comme, en un sens. Je connais à fond votre œuvre. Je suis docteur ès lettres et mon nom est Greaving.

— Vous êtes docteur ?

— De l'université de Goldengrove, oui.

— Eh bien alors, dans ces conditions, vous feriez peut-être mieux de. Enfin bref.

D'un geste courtois il l'invita à entrer. Ce qu'elle fit, tout en reniflant l'air.

— Je viens de faire la cuisine, dit Enderby. Pour souper, très exactement. Puis-je vous offrir ?...

Il y avait une petite table dans le salon. Le docteur Greaving y posa ses livres et prit aussitôt place sur la chaise au dossier droit et inconfortable, juste à côté de la petite table.

— Un peu de whisky, ou bien ?...

— De l'eau.

Maintenant qu'elle était entrée, elle était devenue un peu hostile. Elle leva vers lui un regard pointu comme une aiguille.

— Ah, bon, de l'eau.

Et Enderby alla en chercher. Il laissa couler le robinet, mais le jet n'en fut pas notablement rafraîchi. Il revint avec une eau tiédasse et posa soigneusement le verre à côté des minces volumes brochés. Il vit qu'il s'agissait d'œuvres de lui. Éditions britanniques, puisqu'il n'y en avait pas d'américaines.

— Oh, fit-il. Où diable avez-vous bien pu dénicher ça ?

— Je les ai achetés. Je les ai commandés par l'intermédiaire d'un libraire canadien. Pendant que j'étais à Montréal.

Enderby remarqua à cet instant qu'elle avait sorti de son sac à main un petit automatique, un revolver de dame.

— Ah, fit-il. Cette fois vous comprendrez peut-être pourquoi on tient tant à contrôler et cætera les visiteurs, en bas. Pourquoi avoir apporté ça ? Le moins qu'on puisse dire est que cet objet ne s'imposait pas vraiment.

Il s'admira d'avoir dit cela. (Cinna le poète : qu'on le mette en pièces pour ses mauvais vers ?)

— Vous méritez le châtiment, déclara-t-elle. Soit dit en passant, je ne m'appelle pas « docteur Greaving ». Mais quand je dis que je connais à fond votre œuvre, c'est vrai.

— Vous êtes canadienne ? s'enquit Enderby.

— C'est à croire que vous avez le génie du discours hors de propos. Pour cela au moins, oui, vous avez du génie.

Elle but une gorgée d'eau sans le quitter du regard. Elle avait des yeux plus ou moins couleur de triple sec. Elle reprit :

— Vous feriez mieux d'approcher un siège.

— Il y a une chaise dans la cuisine, dit Enderby non sans soulagement. Je vais la...

— Oh non. Pas question de courir téléphoner à la cuisine. D'ailleurs, essayez, et je vous tire dans le dos. Non, cette espèce de truc, là-bas, fera l'affaire.

Il ne s'agissait pas vraiment d'un siège.

C'était une sorte de petite table basse très fragile, de style indien. Enderby dit :

— C'est vraiment un meuble très... et il appartient à ma propriétaire. Je risquerais de...

A son étonnement, il s'amusait vraiment beaucoup. Il avait maintenant la quasi-certitude qu'il ne mourrait pas d'un cancer du poumon.

— Approchez-le et asseyez-vous dessus.

Il s'exécuta. Il s'assit tout au bord. Dommage d'abîmer cette fragilité, si horrible qu'il l'eût toujours trouvée. Il dit :

— Et maintenant, en quoi puis-je vous être utile, mademoiselle euh ?

— Je ne tolérerai pas plus longtemps ce genre de persécution, répondit-elle. Et c'est « madame », vous le savez parfaitement. Non que je vive encore avec lui, mais cela non plus n'a rien à voir. Je ne tolérerai pas, poursuivit-elle, que vous m'obsédiez.

Enderby resta bouche bée.

— Comment ? Quoi ? dit-il.

— Je les sais par cœur, répliqua-t-elle. Presque tous. Et je ne veux plus de ça. Je veux être libre. Je veux m'occuper de mes œuvres à moi, comprenez-vous, espèce de salaud ?

Elle braquait d'une main ferme le petit pistolet sur Enderby.

— Non, je ne comprends pas, dit celui-ci. Vous prétendez avoir lu mes livres. Mais ils sont faits pour cela, pour être lus. Toutefois, il n'y a aucune euh... obligation de les lire, vous savez.

— Il y a des tas de choses qu'on n'est pas obligé de faire. Comme d'aller au cinéma pour voir un film et découvrir qu'il s'agit d'une entreprise de corruption. Mais cela n'empêche pas qu'on soit corrompu au bout du compte. Comment le savoir d'avance?

Et comme ces paroles semblaient prendre à ses propres oreilles la même valeur de préambule amical que leur accordait Enderby, elle ajouta sèchement, avec un geste du pistolet :

— Dégoûtant personnage.

— Bon, que voulez-vous que je fasse? demanda Enderby. Que je désécrive tous mes sacrés bouquins?

Puis, l'idée le frappant à l'instant même :

— Vous êtes folle, vous savez, vraiment vous devez être folle. Ceux qui lisent mes poèmes et qui sont sains d'esprit ne...

— Ça, c'est ce que tout le monde dit. Lui aussi disait cela, jusqu'à ce que j'y aie mis fin.

— Ah oui, et comment ça? demanda Enderby, fasciné.

— Encore une de vos questions sans rime ni raison. Les salauds de votre espèce n'ont donc jamais aucun sens de leurs responsabilités?

— Envers leur art, dit Enderby. Oh mon Dieu, ajouta-t-il pris d'une détresse qui n'avait rien de personnel, voulez-vous dire qu'il faut supprimer l'art? Ah mais, par sainte Anne, ajouta-t-il, voyant que le mot de fou était un terme bien difficile à définir, cochon qui jamais de lard se dédit.

— Voilà que vous recommencez. Pendant que les honnêtes gens souffrent, vous, vous êtes assis sur votre gros cul à discourir sur l'art.

— C'est tout bonnement une injure de la plus basse espèce, dit-il en fronçant les sourcils. Sans compter que si c'est ça que vous appelez être assis!...

Sous le masque de la haine démente, elle avait visiblement un visage de douceur, un visage catholique, mais dévasté, se dit-il, Dieu lui vienne en aide, pauvre femme oui, dévasté.

— Non, non, dit-il tout haut et précipitamment. Ce qu'il faut c'est ne plus s'écarter du sujet. Je le vois bien.

Puis :

— Écoutez. Si vous me tuez, qu'est-ce que cela changera, hein ? Cela n'effacera pas les mots que j'ai écrits.

Et encore :

— Ce qui m'intrigue, si le terme ne vous paraît pas trop hors de propos, c'est de savoir comment vous avez pu tomber sur mes livres. Mes poèmes, je veux dire. Cela n'arrive pas à tellement de gens. Et vous, vous qui êtes jeune, je le vois bien, et très belle, si ce n'est pas là façon de parler trop frivole ou hors de propos, oui, vous, vous les connaissez. Enfin, bien entendu, s'il est vrai que vous les connaissiez, veux-je dire, conclut-il finement.

— Oh oui, je les connais ! s'écria-t-elle avec mépris. Il y en a des strophes et des strophes placardées à hauteur d'yeux dans le métro. Sans compter celle en lettres gothiques de cinq mètres de haut, près de la capitainerie du port. Et à Times Square le journal lumineux en est comme tout faufilé.

— Intéressant, dit Enderby.

— Ça y est, vous voilà reparti ! s'écria-t-elle en pointant le pistolet. *Intéressant !* Vous êtes tellement refermé sur vous-même et sur votre œuvre, comme vous dites, que ça vous *intéresse*, sans plus. Ça vous *intéresse* de savoir comment c'est arrivé, et allons-y pour les crétineries sur la jeunesse, la beauté et autres choses qui n'ont rien à voir.

— C'est faux, tout cela est parfaitement pertinent, répliqua vivement Enderby. Je vous défends de dire le contraire. La beauté et la jeunesse sont les seules choses qui vaillent la peine — « la terre a clos les yeux d'Hélène ». Elles passent comme l'herbe des champs. Et vous osez prétendre qu'elles n'ont aucune importance ! Pauvre conne, risqua-t-il se demandant si cela ferait partir le coup.

— C'est cet autre salaud qui me les a fait connaître, vos vers, si vous voulez tout savoir, dit-elle sans écouter. Cela a commencé pendant notre lune de miel, un matin ; il s'est mis à rigoler et il a dit : Mon contrat de mariage ainsi que je le veux, n'en déplaise au notaire autant qu'à la coutume, il ne sera signé que de ma seule plume, de bonne encre elle est pleine et regorge pour deux. Mais des mots, oui, des mots ! Il a ri comme une fille qu'on chatouille, et zéro.

— Pur jeu d'esprit, marmonna Enderby, cédant au remords et au souvenir de sa propre lune de miel où des mots, oui, des mots et zéro, lui aussi.

— Et voilà, c'était parti. Le salaud. Tout lui était bon pour me faire souffrir, le fumier ! Oui. C'est ça, la possession, hein ? L'envoûtement. *Salaud !*

— Soit, mais prenez-vous-en à lui, pas à moi. Après tout, bon Dieu, il se trouve que c'est moi, mais ça aurait très bien pu être William Shakespeare, non ? Ou ce bougre d'imbécile de Robert Bridges, bien qu'il ne le mérite pas. Et dans mon sein, Gérard, Ton amour déposé Pudique est demeuré. Bougre de sinistre crétin. Ou encore Geoffrey Grigson.

— Shakespeare est mort, rétorqua-t-elle logiquement. Et les deux autres aussi, peut-être, s'ils ont jamais existé. Mais vous, non. Vous êtes ici, vous. Depuis le temps que j'attends cet instant !

— Comment avez-vous su que j'étais ici ?

— Quelle question, non mais quelle question ! Puisque vous voulez tout savoir, on a annoncé ce soir à la télé, à la fin d'une émission, que vous passeriez demain à la même heure.

— C'était enregistré d'avance. Voilà ce que c'est, les gens sont toujours trop pressés. Je ne passe plus. Tout est changé.

— J'ai téléphoné et on me l'a dit, que vous ne passeriez pas, ni cette fois ni jamais. Mais on m'a donné votre adresse.

— Les vaches. Nul n'est censé le faire. Il n'y a plus de vie privée, alors ? Les salauds, c'est de la vindicte pure et simple.

Sa colère fit long feu. Elle dit, avec un mince sourire de mépris :

— Moi moi moi. Moi et mon art. Salaud que vous êtes.

— Oh, dit Enderby, tirez et qu'on n'en parle plus. Chacun de nous doit mourir un jour. Vous comme les autres. On vous enverra à la chaise électrique, ou à je ne sais quel instrument de mort barbare inventé entre-temps. Je ne crois pas aux vertus de la peine capitale. J'ai fait une croix sur mon espèce de long poème sur Pélage. Je n'écrirai pas mon Odontiade. Je n'ai rien en cours. Dépêchez-vous d'en finir.

— Oh mais non mais non, sûrement pas.

Vous allez commencer par vous traîner à plat ventre. Après cela, je verrai...

— Vous verrez quoi ?

— Si vous croyez que vous allez vous en tirer avec un gentil petit martyre. Je vous connais, vous les hommes. Vous ne serez que trop content de ramper.

— Ramper, ramper, marmonna Enderby tel un dindon offensé. Voilà ce qu'on demande à un artiste, hein ? Et pendant ce temps les charlatans, les plagiaires, les corrupteurs et les politiciens, eux, se font lécher le cul. Que voulez-vous que je fasse : que je les bouffe, mes saletés de bouquins ? Je viens juste de manger, ne l'oubliez pas. Et puis... (finement)... vous ne voudriez tout de même pas faire de moi un nouveau Jésus-Christ, dites ?

— Et vous blasphémez, salaud !

— Par-dessus le marché, si je puis dire, je ne vois pas très bien comment vous réussirez à me *faire* ramper sur le ventre. La seule alternative est de vous servir de votre sale engin. Parfait, ça m'est complètement égal de mourir.

— Mais voyons donc ! Enderby affalé sur ses maigres bouquins, un filet de sang au coin de la bouche... Vous croyez peut-être que cela aura une chance de figurer dans les manuels ?... Pas question, j'y veillerai. Il n'y a plus de martyrs, de nos jours. A part les Noirs.

— Bon, très bien. Mais je vous préviens que je vais me lever — de toute façon j'en ai plein les fesses de cette foutue table, on y est trop mal assis — et je vais aller jusqu'à cette cuisine que vous voyez, et de là j'appellerai le gardien noir par l'interphone et je lui dirai de monter avec les flics.

Flics était le seul terme possible — vocabulaire polar. Oké, mec, appelle les flics.

Elle n'en finissait pas de secouer la tête :

— Trop content de ramper, bien trop content. J'ai déjà vu ça. Avec l'autre. Il y a six coups, là-dedans. Je suis bonne tireuse, mon père m'a appris, mon père, oui, il en valait dix comme vous, espèce de salaud. Je peux vous débiter en petits morceaux. Vloum, vloum, vloum. Vous rendre sourd. Vous faire sauter le nez. Vous fournir la meilleure des excuses anatomiques pour n'avoir rien dans votre froc.

— Où avez-vous pris ce genre d'idée ? Qui vous a appris cela ? Qui vous a raconté ?...

— Rien à voir, comme d'habitude.

— Écoutez, dit Enderby en se demandant si, pour mettre les chances de son côté, il devait ou non faire un bon acte de contrition. Je me lève.

Ce qu'il fit.

— Voilà qui est mieux, reprit-il. Et maintenant, je vais me diriger, ainsi que je l'ai dit, vers la...

— Pas question, mon ami. Sinon vous avez la cheville en miettes.

Il se rendit amèrement compte qu'il n'avait pas envie d'avoir une cheville en petits morceaux. Une bonne mort bien propre, oui. Ça change tout, crénom.

— Bon, parfait, dit-il.

Puis :

— Ils monteront, ils entreront. Ça tiraillera dans tous les sens. Ils défonceront la porte.

— Franchement vous y croyez, pauvre imbécile heureux ? Vous n'êtes pas dans votre petite île bien tranquille, ici. Croyez-vous sincèrement que vous remuerez un chat ?

Elle hocha la tête en songeant à ce manque de finesse tellement cisatlantique.

— Écoutez donc, imbécile. Écoutez, salaud.

Enderby écouta. Oui, cela allait de soi. On s'y habituait, à force. Cela finissait par devenir un simple ornement du silence. Le silence dans un cadre baroque. Fameux, ça, comme formule ; noter de s'en resservir. Il entendit hurler des voitures de police et hululer des ambulances. Puis, quelque part à l'ouest, pan, pan.

— Oui, bien sûr.

— Seulement, dit-elle, nous allons prendre nos petites précautions, n'est-ce pas ? Vous allez allumer la télé. Vous monterez le son *très fort* et vous changerez de chaîne jusqu'à ce que je vous dise stop.

Enderby fit nonchalamment quelque pas, mais uniquement pour s'asseoir sur un pouf. Mieux, infiniment mieux. Il dit, toujours nonchalamment :

— Allez-y. Jouez à la roulette russe avec votre truc. Ça, c'est du Nabokov, se hâta-t-il d'ajouter. Ça n'est pas de moi. *Feu pâle*, précisa-t-il.

— Salaud, dit-elle.

Mais elle se leva et s'avança vers lui, revolver braqué. C'était une jolie petite arme, à y regarder de plus près. Et elle avait des jambes exquises, nota Enderby avec regret ; de plus, elle semblait porter des bas, au lieu de ces horreurs de collants. Des jarretelles — des jarretières, comme on disait ici — et au-dessus la culotte. Il eut l'étonnement de sentir que, sous la chaude épaisseur Belle Époque de son pantalon, il réagissait vigoureusement à ces simples mots. Chemise-culotte. Passé le pouf où il était assis, elle se dirigea de biais vers le poste de télévision, qu'elle alluma. Puis elle fit tourner le cadran des chaînes, click, click, click, de la main gauche, sans quitter des yeux Enderby, l'arme toujours pointée sur lui. Enderby demeura calmement assis sur le pouf, les mains croisées autour des genoux. Cette fois, elle se prenait au jeu d'un secteur de divertissement inoffensif. C'était le son qu'elle choisissait, se réservant à elle-même la partie visuelle. Nouvelle sorte d'art, en fait, pop, participation du public et tout ; gestes d'impuissance créatrice. Il y eut une rapide kaléidoscopie diachronique d'images accompagnées d'une déclaration synthétique des plus intéressantes : Bon je crois que ça règle la question l'idéal pour vous et votre moyennant l'envoi de quinze dollars seulement c'est Butch que tu aimes avoue oui je crois oppose un démenti catégorique à de telles allégations. Elle finit par tomber sur un solide film de guerre et, les yeux se désintéressant toujours de l'image, elle monta le son sur un vacarme de bombardement. Enderby fit observer :

— Cela fait beaucoup trop de bruit, je vous assure. Les voisins vont se plaindre.

— Quoi ?

Elle n'avait pas entendu et dit en venant vers lui, pistolet braqué :

— Allons.

Enderby voyait en noir et blanc de vaillants G.I. terrés dans des trous. Puis les petits hommes du camp adverse se livrèrent à un généreux arrosage à la grenade.

— Déshabillez-vous.

— Pardon ?

— Complètement. Quitte à en vomir, je veux vous voir dans toute l'horreur de votre nudité, bourrelets de graisse, poils et tout.

— De quel droit dites-vous que ?...

Et :

— Mais pourquoi ? reprit Enderby.

— Pour l'humiliation. C'est le premier stade.

— Non. Hé !

Le petit revolver avait tiré sans que la balle touchât Enderby ; le projectile s'était contenté de lui siffler tout près de l'oreille. Il vit la jeune femme pareille à une divinité menaçante derrière son petit écran de vapeur bleue, et il huma l'odeur, plutôt appétissante — une odeur de lard fumé dans la poêle, ou presque. Ainsi, regardant sa mort en face, lui trouva-t-il des allures de petit déjeuner. Il tourna la tête : derrière lui, sur les étagères de sa propriétaire, la reliure d'un gros album illustré semblait maintenant défigurée. C'était un volume intitulé *La femme esclave*. Il l'avait vaguement feuilleté un jour — pas une ombre d'humour ni d'amour ni de sexe dans ces pages, tout compte fait. La visiteuse avait témoigné d'un bonheur rare dans le choix du moment pour tirer, comme si elle avait connu par cœur le film guerrier : sur l'écran, tout un village venait de sauter à grand fracas. Mais à présent on en était à la scène d'amour entre un G.I. et une femme en uniforme d'infirmière, le cheveu dru et crêpé, style temps de guerre.

— J'ai dit déshabillez-vous.

Enderby ne portait ni veste ni cravate. Il faisait horriblement chaud, naturellement. Dieu sait s'il lui arrivait assez souvent de se promener tout nu ici. Mais sur ordre, non, du diable si on l'y obligerait !

— Allons. Vite.

Elle s'apprêta à viser.

— Mais enfin, c'est totalement... Je l'aurais fait, de toute façon, je veux dire. Rien de plus normal, je trouve vous savez. Seulement, quand je me déshabille, c'est que j'en ai envie. Cela ne vous paraît pas évident ?

— J'ai dit vite.

Enderby ôta son gilet, puis sa chemise. Il respira la forte odeur de peur que dégageaient ses aisselles.

— Allons.

— Mon Dieu, mon Dieu, dit Enderby, feignant un humour agacé. Vraiment... quel petit tyran vous faites !

— Oh, ce n'est même pas un avant-goût. Continuez.

En chaussettes et caleçon, Enderby dit :

— Ça ira comme ça ?

— Pouah ! C'est écœurant !

— Si je suis si dégoûtant que ça, pourquoi tenez-vous à ce que ?...

— Continuez. Jusqu'à la limite du dégoût et de l'horreur.

— Non. Hé !

L'instant d'avant, il y avait encore un affreux vase de verre violet sur la cheminée. Elle venait de le toucher en plein, cependant que le tonnerre d'un pilonnage au mortier reprenait sur l'écran. Mais, la seconde suivante, il y eut l'interruption d'un flash publicitaire. Dans un bain de couleurs invraisemblables, une dame aux épaules nues fit l'amour en minaudant à sa chevelure qui flottait au ralenti. Tressez vos rondes autour de lui, jeunes filles. Non, pas ça. L'idée ne leur en tomberait même pas sous le sens. En soupirant, Enderby se dépouilla jusqu'à l'extrême limite. Son phallus proclamait trop concrètement l'intérêt que lui inspiraient les histoires de chemise-culotte. On le lui avait dit souvent dans les critiques de ses livres : il n'était qu'un attardé des années trente. Goût du sonnet et tout. L'écran de télévision pantoufla soudain avec un poulet frit en plan américain. Enderby cacha la chose sous la coquille de ses mains.

— Dégoûtant.

— C'est vous qui en avez eu l'idée, pas moi.

— Et maintenant, ordonna-t-elle, vous allez pisser sur vos poèmes.

— Je vais quoi ?

— Uriner. Vider votre vessie. Compisser de votre eau sale vos saletés de poèmes. *Allez-y.*

— Ils ne sont pas sales, mes poèmes. Ils sont propres. Quelle ironie, non mais quelle connerie du sort, quand on y pense ! La saleté, elle est dans cette saloperie de pseudo-art et de non-art que l'on voit partout aujourd'hui, et vous, il faut que vous choisissiez justement ce qui ressemble le plus à un travail honnête et propre de bon artisan...

L'arme parla de nouveau (en idiome polaresque : Enderby vit le mot s'inscrire en caractères bavés dans une balle à la seconde même où le coup partait). L'espèce d'objet genre table indienne se révéla extrêmement fragile en effet en chavirant comme sous le coup de poing d'une esthétique perverse. Le phallus d'Enderby monta de deux ou trois crans supplémentaires.

— Cela fait trois, compta Enderby. Autrement dit : reste trois, pas plus.

— C'est bien assez. Je vous promets que la prochaine fois, ce que je moucherai ce sera cette horreur, cette espèce de truc infâme, et poilu, et mou, et visqueux...

Elle parlait à travers de la fumée. Enderby saisit de la main droite le premier des petits livres, la gauche continuant à servir la pudeur. Il s'agissait de *Poissons et héros*, remarqua-t-il tendrement. Incapable de l'ouvrir d'une seule main, il prit donc le parti de se tourner en montrant le derrière à la jeune femme, afin de consacrer ses deux mains à feuilleter les pages, peu nombreuses, mais d'un papier assez épais. Bon Dieu, qu'il avait du génie en ce temps-là !

> Wachet auf ! *Du coq guindé sur le fumier a jailli*
> *Un long cri de silex allumant partout des balises.*
> *Un nid de martinet obstrue l'horloge de l'église.*
> *Mais l'aube est l'aube et coq qui ment ne fut jamais de mise.*

Et qu'eût fait Luther en pareilles circonstances ? Il était très fort pour péter et chier, mais uniquement sur le Démon. Pissez sur votre Bible, Luther. Non, inconcevable. Peut-être, mais qui sait (Bon Dieu, quel sujet de poème ! Donc, ne pas mourir ?), oui, qui sait s'il ne se fût pas dit : Bah, qu'est-ce qu'un exemplaire du Livre des livres ? La Bible elle-même n'en mourra pas ; le devoir est de vivre, de porter la Bonne Parole ; l'homme vraiment adulte sait plier parfois devant la bêtise, le mal, la folie. Il dit et retroussant ses formidables jupes Saisit à pleine main son gros saint-sacrement Et compissa copieusement Un vain fatras de caractères goths. Voici que je suis là et que d'autre façon je ne saurais agir. D'une voix forte, Enderby dit :

— Non !

— Vous croyez peut-être que je ne vois pas ce que vous regardez ? dit-elle. Il s'agit de votre fameux sonnet sur la Réforme.

Elle le connaissait tellement à fond, le putain de livre, que c'était tout de même dommage, finalement. A la télévision, le film montrait un G.I. geignard, calot calé sous l'épaulette, qui gémissait : « Pourquoi ne pas vider l'abcès, Marie ? »

— Oh, et puis après tout, bon, dit Enderby d'une voix lasse.

Et, non sans un léger effort musculaire, il braqua sa lance d'arrosage sur la page ouverte.

— Vous voyez, dit-il. Je fais de mon mieux. Mais ça ne vient pas. Et il tombe sous le sens que ça ne peut pas venir. Qu'est-ce que je dis : *tombe*... vous me faites dire des âneries, à force !

Et puis, Luther pour Luther (mais lui c'était un encrier, on vous montre encore l'éclaboussure noire sur le mur à la Warburg), Enderby lança le livre, qui voltigea ou vogelta, dans la direction de la dame. Instinctivement, elle tira sur l'objet. D'instinct aussi, il s'en était douté. Il fit trois grandes enjambées, portant sa lourde nudité, couilles ballant, bazooka pointé, parmi la fumée et la répercussion du bruit. Et pourtant Dieu se taisait. Elle le visa en plein et dit :

— Oh non, vous vous tromperez si vous pensez mourir en martyr de l'art...

— Vous vous répétez, répliqua Enderby.

Et il la saisit par le poignet à l'instant même où elle tirait plus ou moins sur le plafond. Le vacarme et l'odeur étaient sans nul doute excessifs. C'était lui qui avait le bondieu d'engin dans la main à présent — charmant petit engin, encore tout chaud. Elle lui planta les ongles dans les fesses tandis qu'il se dirigeait vers la fenêtre entrouverte à cause de la chaleur. Il lança l'objet par l'entrebâillement.

— Et voilà, dit-il.

Luther, il se le rappela soudain pour quelle obscure raison, avait épousé une nonne. Lys du Christ fauve des forêts vierges. L'autre, là, en tout cas, maintenant, le martelait de ses petits poings. Enderby avait fait un excellent souper. Il apercevait le couple qu'ils formaient tous les deux dans la petite glace, au-dessus de l'étagère vouée à la psychologie et à son pesant d'angoisse profondément juive. Il avait sur le nez ses lunettes, nota-t-il ; eût bien été incapable de rien noter sans cela ; sans cela aussi, évidemment, était parfaitement nu. Il envoya promener la jeune femme, d'une bourrade plus ou moins au creux de l'estomac. Elle acheva sa carrière en larmes sur un pouf.

— Vous n'êtes qu'un salaud, un salaud.

Enderby ôta ses lunettes et les posa soigneusement au sommet du poste de télévision, lequel, en plein tumulte d'une victoire finale imminente, il éteignit net.

— Vous et vos bondieu d'armes à feu, dit-il. Au couvent ! Dans un de ces bons vieux couvents du Moyen Age pleins de grands couillards de moines. Ça vous apprendrait. Mou, non mais ! Et visqueux, crénom ! Silène, Falstaff... (Cette dernière remarque à sa propre intention)... C'est à ceux-là que tu dois penser, imbécile.

Son cœur semblait fonctionner comme une pompe en pleine santé. Bruits d'une victoire finale imminente. Non avec des sanglots, mais...

— M'accuser moi, non mais. Accuser ce pauvre défunt de Hopkins. Comme si j'avais maintenu ces nonnes pendant qu'on les...

— Allez-vous-en. Ne me touchez pas.

— Je suis chez moi, ici, dit Enderby. Enfin... Plus ou moins.

Sur quoi, des deux mains il empoigna le bas de la jupe et de ce qui sert aujourd'hui de chemise, et tira. Yeux pleurez, mains agrippez les cieux par leur longue. Mauvais ; il fallait la rime à *Tamise*, c'est tout. Si Rhin les renia, fut leur perte Tamise. Terriblement mineure, au fond, la poésie de Francis Thompson. Un instant, Hopkins lui apparut, bouche ouverte, en proie à la plus vive désolation et se lamentant sur le péché d'autrui, perdu dans l'ombre du confessionnal, mais très visible néanmoins.

— A qui la faute ? dit Enderby. « A bout de force et de souci », tu parles ! Va voir un peu ailleurs si j'y suis, veux-tu ?

Hopkins s'estompa, pâle daguerréotype, puis s'effaça, balayé. La jupe était élasticifiée à la taille et fut tirée bas sans difficulté. Enderby vit, ô joie, des bas couronnés de chair, des jarretelles, une culotte pêche.

— Salaud, satyre...

— Oh, c'est l'Amérique, typiquement, dit Enderby. Violence et sexualité. Quel ange de régénération vous a envoyée à moi ?

Car désormais finis les gémissements et les supplications. *Enderbius triumphans, exultans*.

DIX

Apparemment, cette troisième crise cardiaque, si réellement le diagnostic était juste, ne semblait pas avoir été si méchante que cela, au fond — simple ébauche de la chose pour en rappeler la forme. Mais il la connaissait déjà par cœur, cette forme : c'était celle d'une parabole spenglérienne. Pourtant, une autre interprétation l'effleura — cependant que, installé sur le siège, il déféquait aussi discrètement que possible, en raison de cette seconde présence humaine dans l'appartement, en dehors de la sienne — oui, une autre interprétation plausible lui vint à l'esprit, bien qu'il fût enclin à la rejeter. L'image d'une sorte de doigt interne indiquant, d'un geste d'une terrible délicatesse, l'imminence du couperet ou du garrot. En un sens, il était très content que la dame eût pris possession du lit circulaire, nullement fait pour lui — un lit étant le genre de lieu où les gens meurent fréquemment, parfois dans leur sommeil. Elle gisait nue sur le dos, marquant approximativement dix heures vingt avec les bras et sept heures trente avec les jambes, son très léger ronflement prouvant que tout allait bien par cette belle nuit de février. Elle avait, apparemment, quitté son domicile de Poughkeepsie, pour se voir finalement invitée de tout cœur à demeurer ici, à condition de s'abstenir de sortir pour aller acheter un autre revolver. Elle, au moins, connaissait les œuvres complètes d'Enderby. Et puis, il était hors de question d'envisager de longues et charmantes perspectives d'avenir. Ces crises cardiaques avaient au moins autant de valeur, aux yeux d'Enderby, qu'une longue harangue ponctuée tous les trois mots de *d'un sens* et de *vous savez*. Mais il n'avait vraiment pas envie que la hache tombât cette nuit-là et pendant son sommeil. Il se voyait volontiers continuant à feinter encore vigoureusement la mort en plein jour. Il y avait une vertu que l'on ne pouvait dénier à New York : on ne s'y ennuyait pas.

Torché, chasse d'eau tirée, Enderby alla se faire du thé à la cuisine. Qu'est-ce que je vais prendre demain, ou plutôt aujourd'hui, songea-t-il, quand cette garce noiraude de Priscilla verra ce travail (« C'est-il Dieu possible qu'un homme de votre instruction vive dans la crasse comme un Gadarénien ! » — elle connaissait, après tout, diablement bien sa Bible). Mais il en prenait régulièrement pour son grade. Sauf que, cette fois, outre la diatribe sur la crasse, il n'y couperait sans doute pas d'un sermon sur la fornication, Loth et tutti quanti. Pensivement il engloutit un vague reste de ragoût en attendant que l'eau ait bouilli. Délicieux, exquis, même. Il avait l'impression d'avoir perdu pas mal de protéines en quelques heures — peut-être aussi du cholestérol. Quand le thé fut assez infusé ou tiré (cinq sachets seulement; ne pas trop tenter la providence) et bruni par une solide dose de sucre, il l'emporta dans la salle de séjour. Là, il entassa pouf sur pouf de façon à pouvoir assister confortablement au lever de l'aube. Il alluma la télévision, qui lui fournit le genre de film idiot convenant à pareille heure — une comédie musicale des années trente, mettant en scène des étudiants (*Un si grand érudit / Vivre dans ce taudis ? / Pour un demi-dollar, l'ami / Moi, je vous brique ce logis*. Il y a de ces coïncidences !), mais à quoi un bataillon de filles en chemise-culotte plus ou moins pêche et casquées de bigoudis apportaient un brin de piquant. Enderby feuilleta au hasard les petits volumes que la visiteuse avait voulu lui faire profaner. Bon Dieu, quel génie, etc. Le film, entrecoupé de publicités pour des albums de musique populaire d'un bon marché suspect, continua à se dérouler innocemment, tandis qu'il buvait son thé à petites gorgées, en continuant de son côté à tourner les pages et à lire ici et là.

*Ta voie — « je l'ai choisie », depuis
toujours tu le disais
Quand coupe et verbe hauts joyeusement
tu soutenais
Que tout est dans l'instant, oui, dans
l'ivresse du présent.
Non dans un monde reculé jusqu'aux
confins du temps
Plein de saints tapageurs et de montagnes
de brioche,
Promesse d'anges ou d'Engels ou d'autres
rigolboches...*

Il arrivait difficilement à se souvenir d'avoir écrit cela. D'ailleurs, les caractères d'imprimerie se brouillaient. Il constata sans étonnement que c'était un autre film qui passait maintenant — en couleurs, et quelles ! excellentes ! — un film sur Augustin et Pélage. Dieu merci. Enfin on s'était décidé à traiter le sujet dans les formes de l'art. Finalement, plus besoin de se casser la tête à chercher la forme poétique appropriée.

35. EXTÉRIEUR (DISONS) JOUR — ROUTE.

Un homme, battant à grands coups de fouet son âne, qui brait de douleur à fendre l'âme. Arrive une femme — celle de l'homme — qui dit à celui-ci de cesser.

LA FEMME :

Arrête, suspends ton bras. La pauvre créature n'y mettait pas malice, Fabricius.

L'HOMME :

Oui ou non, m'a-t-il pété au nez ? Une vraie tornade de puanteur. J'en avais plein les narines.

(*Il continue à rosser la bête*)

LA FEMME :

De puanteur, dis-tu ? Quand cette bête ne se nourrit que d'herbe tendre et que de plantes parfumées, alors que toi... toi, tu te bâfres de viande de cheval échauffée et tu te saoules de piquette !

L'HOMME :

Oui-da ? Eh bien tiens, attrape, guenipe, catin.

(*Il la rosse jusqu'au sang*)

36. MÊME CHOSE — PLAN AMÉRICAIN. *Pelagius et Obtrincius, regardant. Tapage et cris à faire pitié.*

OBTRINCIUS :

Que t'en semble-t-il, ô homme des froides mers et du septentrion ? Étalage du Mal, n'est-il pas vrai ? La cause étant cette fétidité première d'Adam par quoi le monde est infecté.

PELAGIUS :

Que non pas, cher ami. La faute d'Adam fut uniquement sienne. L'espèce humaine entière n'en a pas hérité.

OBTRINCIUS :

Mais c'est là certes hérésie monstrueuse ! Pourquoi Christ fut-il crucifié, sinon pour racheter, Dieu fait chair d'un prix inestimable, l'adamique péché dont, tous, la marque nous portons ? Prenez garde, ami. Qui sait si ne rôde alentour un évêque toute ouïe ?

PELAGIUS :

Non, non, Christ est venu pour nous montrer la voie. Nous enseigner l'amour. *Soyez parfaits*, nous a-t-il dit. Il nous a enseigné que l'homme est perfectible. Que ce que vous nommez Mal n'est autre chose que le refus de notre part de voir la véritable voie. Salut, donc, l'ami.

37. MÊME PLAN QUE 35.

Le dénommé Fabricius s'est maintenant retourné contre son fils, lequel, s'étant apparemment interposé pour arracher sa mère aux coups qui grêlaient cruellement sur elle, doit s'avouer vaincu, ensanglanté. La mère pleure des larmes de sang. L'âne assiste à la scène, couvert de sang lui aussi, douloureux et chagrin, mais impassible.

L'HOMME :

(suspendant un instant son bras)

Çà ! serait-ce à moi, messire, que ce discours s'adresse ?

38. MÊME PLAN QUE 36.

PELAGIUS :

(joyeusement)

Oui, mon brave homme et frère en Jésus-Christ.

La caméra le suit tandis qu'on enchaîne sur :

39. PLAN AMÉRICAIN — L'HOMME ET PELAGIUS.

PELAGIUS :

Ah, pauvre ami, que de choses il vous reste à apprendre ! L'aimable raison vous a momentanément déserté. Prenez long souffle, et puis chassant cet air expulsez aussi la colère. Elle n'est que fantôme, fantasme, sans aucune substance.

L'HOMME :

Belles paroles que les vôtres, messire! Je voudrais bien vous voir, avec votre aimable raison, empêcher une bourrique de vous péter au nez.

PELAGIUS :

C'est qu'il vous appartient de tenir votre nez éloigné de, hum, du postérieur de l'animal. C'est là, certes, chose que l'aimable raison devrait vous faire entendre.

L'HOMME :

Ma foi, peut-être n'avez-vous pas tort, messire. Colère est temps perdu et gâchis d'énergie. Allons, femme, viens çà. Et toi aussi, mon fils. Dieu me pardonne, j'entendrai raison.

Ébauchant un signe de la croix, Pelagius sort du champ de la caméra. A peine est-il sorti que l'Homme :

Aimable raison mon cul, oui.

40. EXTÉRIEUR JOUR ROME — SCÈNE DE SATURNALES DÉCHAÎNÉES.

PG d'une sorte de carnaval. Instruments de musique du Ve siècle tonitruant en tout genre, tandis que de joyeux drilles sans retenue palpent tout ce qui leur tombe sous la main, troussent les femmes et embrassent ou boivent à bouche que veux-tu.

41. MÊME CHOSE DÉTAIL.

Groupe de bâfreurs manipulant de leurs doigts graisseux gigues et jambonneaux, s'en empiffrant et revomissant le tout, à l'occasion.

PELAGIUS :

(voix off)

Amis !

Tous les regards se tournent dans la même direction, toutes les bouches s'ouvrent sur des agglomérats de protéines et de lipides soumis à la mastication.

42. CONTRECHAMP DU PRÉCÉDENT.

PELAGIUS :

Debout, bourdon de pèlerin à la main, chagrin mais calme, il regarde.

Se peut-il que la raison ne vous dise pas que tout ceci est déraison qui épaissit l'âme et nuit au corps ?

(Bruits de plantureux vomissements)

Que vous disais-je ? Vous le voyez bien !

43. CONTRECHAMP DU PRÉCÉDENT.

Les bâfreurs ont l'air quelque peu décontenancés ; mais un gros homme aussi hardi que chauve parle sans fard autant que sans vergogne.

LE GROS BÂFREUR :

C'est plus fort que nous, qui que tu sois, homme de Dieu venu d'une terre étrangère, à en juger par ta manière de parler. Les sept péchés mortels, dont, comme tu le sais peut-être, la gourmandise, étaient déjà comme sept vers dans la pomme que nous croquâmes lors du banquet originel, auquel depuis il n'est de jour qu'Adam et Ève ne nous convient.

UN AUTRE BÂFREUR :

Il est beaucoup plus maigre que le premier, comme rongé intérieurement par un, si ce n'est par sept, vers.

Il a dit vrai, oui-da, moine, quel que soit ton nom. Nous sommes nés dans le péché sans le vouloir, et le Christ n'a-t-il pas expié nos fautes passées, présentes et futures ?

44. MÊME CHOSE QUE 42.

PELAGIUS :
(d'une voix forte)

Non ! Il N'en Est Rien !

45. GROUPE DE FORNICATEURS.

Mitrés, barbus, vénérables et concupiscents, évêques cessant un instant de besogner ferme leurs belles putains pour se regarder entre eux en fronçant les sourcils.

46. INTÉRIEUR NUIT — LA MAISON DE FLACCUS.

L'évêque Augustin, assis à la table d'un dîner

finissant, en compagnie de son ami Flaccus, haut fonctionnaire, et d'autres convives, dont l'évêque Tarminius, l'un de ceux qui fronçaient les sourcils au plan 45.

FLACCUS :

(tandis qu'un esclave présente un plat)

Une pomme peut-être, monseigneur l'évêque ?

AUGUSTIN :

(secoué d'un grand frisson)

Ah, surtout pas, ami Flaccus ! Si seulement vous saviez quel rôle ont pu jouer les pommes dans ma vie...

TARMINIUS :

Et dans celle de l'humanité la première pomme de toutes, donc !

AUGUSTIN :

(il le regarde quelques secondes, puis acquiesce gravement de la tête)

Oui, très vrai, Tarminius. Mais qu'elles étaient belles, les pommes baignées de lune du verger voisin. Je ne les volais pas par besoin. Non, car celles de mon père étaient de loin bien meilleures, plus sucrées et rosées. C'était le désir du vol qui me poussait. Le désir du péché. Oui, j'aimais mon péché pour lui-même, Dieu me pardonne !

FLACCUS :

Oui-da. La chose est en chacun de nous. Le baptême n'est que façon d'éteindre symboliquement le feu...

AUGUSTIN :

Le feu ? La fournaise, veux-tu dire, qui gronde et rugit !...

FLACCUS :

Pourtant le Christ a payé, expié, et chaque jour il veille encore et s'entremet pour éviter que nos péchés quotidiens donnent trop la migraine au divin crâne.

AUGUSTIN :

Méfie-toi de la théologie, Flaccus. Ardus sont ses chemins et plus d'un jeune esprit y a perdu la tête.

TARMINIUS :

Ta parole est vérité, Augustin. Il est parmi nous un homme venu de la grande Bretagne... le sais-tu ?

AUGUSTIN :

Il est parmi nous de nombreux hommes venus de la grande Bretagne, oui, de cette île perdue dans les brumeux septentrions et dont les habitants ont le cerveau tout engorgé d'humidité. Plutôt inoffensifs, au reste, ces insulaires. Ils ont peine à soutenir l'éclat de notre ciel méridional. Ils se couchent avec le soleil.

(rires)

TARMINIUS :

Celui dont je parle ne m'a pas l'air inoffensif, Augustin. Son regard est aigu et ne fléchit jamais. Le plus brûlant soleil ne le terrasserait pas. On le nomme Pelagius.

FLACCUS :
(fronçant les sourcils)

Pelagius ? Ce n'est pas là nom breton.

TARMINIUS :

Son vrai nom est Morgan, qui dans la langue de ces insulaires signifie homme de la mer. Pelagius, en grec, n'a pas d'autre sens que...

AUGUSTIN :
(impatiemment)

Je sais, je sais, Tarminius. Tous, dirais-je, nous le savons. Hum. On m'a déjà plus ou moins parlé de cet homme... Sorte de moine errant, n'est-ce pas ? Connu pour exhorter les hommes à la bonté vis-à-vis des femmes légitimes et des ânes, et pour dénoncer les dangers de la gloutonnerie ? Et aussi à ce que je comprends...

Il regarde sévèrement Tarminius, qui perd aussitôt sa contenance de pasteur, pour ressembler plutôt à une brebis fautive.

... la fornication ? Je ne vois nul mal à ce genre de leçons d'une simplicité homilétique.

Vrai troupeau de puritains, que nos frères de ces septentrions.

TARMINIUS :

Cet homme va plus loin, Augustin. Il en est à nier le Péché Originel, les vertus de rédemption de la grâce divine et même, semblerait-il, notre salut dans le Christ. Il prétend apparemment que l'homme n'a que faire des secours du Ciel, qu'il peut devenir meilleur en s'y efforçant lui-même, seul. Que la Cité de Dieu peut devenir réalité sur terre comme Cité de l'Homme.

AUGUSTIN :
(abasourdi)

Mais, mais... c'est... c'est de l'hérésie ! Oh, mon Dieu... pauvre Breton, il a perdu son âme !

Une gerbe de flammes jaillit soudain, jetant son rougeoiement sur la scène. Tous les regards se tournent vers sa source. La caméra panoramique vivement sur un gril d'où monte un feu d'enfer. Un tournebroche montre un large sourire édenté, tout en effleurant du doigt une mèche sur son front, en signe d'excuse.

LE TOURNEBROCHE :

'mande pardon, messeigneurs, messieurs et vous, messire. C'est rien, juste un peu de graisse qu'a coulé dans le feu.

47. PLAN D'ENSEMBLE DES MÊMES.
Augustin, Tarminius et Flaccus n'ont pas du tout l'air de rire.

AUGUSTIN :

Je vous en foutrai de la graisse sur le feu, moi !...

48. INTÉRIEUR JOUR — UN GALETAS.
Pelagius parmi un groupe de pauvres gens, d'artisans, de va-nu-pieds, qui écoutent attentivement sa douce et sage parole. Une jolie fille du nom d'Atricia est assise à ses pieds et lève vers lui des yeux pleins d'adoration.

PELAGIUS :

L'air est toujours doux et clément dans mon pays ; il est assez brumeux et l'on n'y manque jamais de pluie. Le sol y est fertile, et nos efforts sont payés d'honnêtes récoltes. Les moutons y paissent de bonne herbe grasse. On n'y connaît pas d'infernales sécheresses, ni de soleils trop brûlants. Ce n'est pas un pays de prières paniques, telle l'aride Afrique de notre frère l'évêque Augustin.

ATRICIA :

Ah, que j'aimerais voir ce pays ! Veux-tu dire que l'on pourrait y vivre heureux, sans crainte, sans avoir perpétuellement peur ?

PELAGIUS :

Peur de quoi, chère enfant ?

ATRICIA :

De devoir payer de souffrance le bonheur.

PELAGIUS :

Chère Atricia ! Jamais les flammes de l'enfer ne hantent nos yeux bretons, pas plus que nous n'avons besoin d'invoquer le Ciel pour rendre supportables les tourments de l'existence. Mon pays est terre douce et facile, sorte de paradis en soi.

UN VA-NU-PIEDS :

Mais ne parlais-tu pas tout à l'heure d'y bâtir justement un paradis ? Et voilà que tu dis que c'est déjà le paradis.

PELAGIUS :

Une *sorte* de paradis, ai-je dit, mon ami. Nombreux sont les avantages dont nous jouissons, mais nous ne sommes pas assez fous pour penser que nous vivons au jardin d'Eden. Non, il reste à le construire, notre paradis... toutes cités harmonieuses, toute beauté, toute raison. Nous avons liberté de nous entendre avec nos voisins et d'œuvrer avec eux, c'est-à-dire d'être *gens de bien*. Nul sentiment de faute héréditaire ne nous tient plongés dans la paresse crasse du désespoir.

ATRICIA :

Ah, je la vois d'ici, cette île aux brumes fabuleuses ! Ah, que ne puis-je respirer cet air, humer ce sol !

PELAGIUS :

Et pourquoi ne le pourriez-vous pas, chère enfant ? Ce que conçoit le cœur de l'homme peut toujours devenir réalité. Il y a quelques jours, je disais justement...

Bruit de pas dans un couloir. Ils lèvent tous la tête. L'ombre énorme et grossière des arrivants les engloutit presque.

VOIX OFF :

Vous vous appelez bien Pelagius ?

PELAGIUS :

Mais... oui...

49. CONTRECHAMP DU PLAN PRÉCÉDENT.
Deux hommes vêtus d'autorité fruste et de l'uniforme impérial, debout, obturant la lumière du soleil. Ils considèrent l'assemblée d'un air sévère.

PREMIER HOMME :

Ordre de nous suivre. Immédiatement et sans délai.

50. PELAGIUS ET ATRICIA.
Terrifiée, elle s'accroche à lui. Il la réconforte en la tapotant de la main.

PELAGIUS :
(souriant)

Vous avez bien l'air de représentants de l'ordre. Il serait vain de ma part de vous interroger sur les tenants et les aboutissants de votre mission.

51. PLAN AMÉRICAIN.

Les deux représentants de l'ordre, contemplant Pelagius de tout le dédain de leur carrure.

DEUXIÈME HOMME :

Tout à fait et entièrement vain.

52. INTÉRIEUR JOUR — ASSEMBLÉE D'ÉVÊQUES.

Augustin parle tandis que la caméra panoramique sur une rangée d'évêques graves. Pelagius est hors du champ.

AUGUSTIN :

... tout à fait et entièrement vain de nier que vous avez propagé l'hérésie.

53. MÊME PLAN MAIS AVEC PELAGIUS.

Il est assis sur un tabouret bas. Il est toute humilité et paix pendant que l'interrogatoire des évêques suit son cours.

PELAGIUS :

Je ne nie pas avoir propagé l'Évangile, mais que ce soit là hérésie, oui, je le nie avec force.

54. PLAN D'ENSEMBLE.

Groupe d'évêques penchant vers Pelagius un front sourcilleux et menaçant.

AUGUSTIN (OFF) :

Hérésie ! Hérésie ! *Hérésie !*

55. MÊME CHOSE QUE 52.
Augustin va et vient à grands pas devant la rangée d'évêques. Sa mitre penche souvent de guingois dans l'emportement de l'éloquence ; il passe son temps à la redresser.

AUGUSTIN :

Oui, messire. Vous niez que l'homme soit né dans le Mal et vive dans le Mal, qu'il ne puisse se passer de la grâce divine pour avoir une chance d'accéder au Bien. La pierre angulaire de toute notre foi est *le péché originel.* Tel est le dogme.

56. MÊME CHOSE QUE 54.
Les évêques, approuvant énergiquement de la tête.

LES ÉVÊQUES :

Péchéoriginelpéchéoriginelpchénel.

57. PELAGIUS.
D'un souple mouvement de reins, il se lève de son tabouret bas.

PELAGIUS :

L'homme n'est ni bon ni mauvais. Il est créature de raison.

58. AUGUSTIN.
En PP, la bouche d'Augustin, véhémente et comme grouillant au milieu de sa barbe généreuse.

AUGUSTIN :

Créature de *raison !* Peuh !

59. EXTÉRIEUR JOUR — SCÈNE DE CARNAGE.
Les Goths sont là et s'activent à leur œuvre de destruction. Ils pillent, incendient, tuent pour le sport, violent. Statue du Christ jetée bas et se brisant sur le sol, aspergeant de poussière d'innocents citoyens hurlant de terreur. Goths clouant sur une croix un vieillard. D'autres, sortant d'une église en brandissant un saint calice. L'un d'eux urine dedans ; après quoi, une jeune fille est forcée de le pouahpouah vider.

60. EXTÉRIEUR CRÉPUSCULE — SOMMET DE COLLINE BATTU DES VENTS.
Augustin et Pelagius, debout tous deux sur la colline, regardant sombrement en bas.

AUGUSTIN :

Créature de raison, dis-tu, mon fils ?

PELAGIUS :
(que ces mots ne troublent guère)

Même l'histoire accouche dans la douleur et celle-ci va croissant avec l'enfantement. L'homme apprendra ; il le *doit* ; il le *veut.*

AUGUSTIN :

Ah, toi et ta candeur grand-bretonne !...

61. CONTRECHAMP DU PRÉCÉDENT.

Panorama de la ville en flammes. Clameurs de joie sauvage et chants impies. Cris de terreur.

AUGUSTIN (OFF) :

Malédiction malédiction malédiction... l'histoire entière est écrite avec du sang. Et ceci n'est rien, croyez-m'en, comparé à tout le sang qui reste à venir. Le Mal commence à peine à se manifester dans l'histoire de notre Occident chrétien. L'homme est mauvais, mauvais, mauvais, et il est damné pour sa méchanceté, à moins que Dieu, en son infinie miséricorde, ne lui accorde sa grâce. Et Dieu est prescience, Dieu prévoit le mal, Dieu prédamne, Dieu préchâtie.

62. MÊME CHOSE QUE 60.

Augustin, prenant Pelagius par les épaules, le secoue. Mais Pelagius écarte avec douceur et humour les mains qui le secouent. Il rit.

PELAGIUS :

L'homme est libre. Libre de son choix. Non prédécrété de Ciel ou d'Enfer, malgré la toute-prescience du Tout-Puissant. Libre, libre, libre !

63. LA VILLE EN FLAMMES.

Scène cruelle de viol, de torture et de cannibalisme tout à la fois. Écho d'une voix d'ivrogne qui chante.

IVROGNE (OFF) :

(il chante)

Libre libre libre,
Libre qu'on est d'être libre...

64. PLAN D'ENSEMBLE.
L'ivrogne, entouré d'ivres morts et de cadavres authentiques, renverse le vin de ses rapines, et chante.

IVROGNE :

Libre d'être sauf,
Mais
Non pas libre de ne pas être libre,
Libre libre lib...
Formidable secousse sismique. Une fulguration, tragique comme une parabole spenglérienne, déchire l'écran sur toute sa longueur.

ET MAINTENANT VOICI UN IMPORTANT MESSAGE DE L'ANNONCEUR QUI VOUS OFFRE CE PROGRAMME

FRCHTTTT
GRRRRNBBBLLKZBFFFLLBSCHPLO
FFGOGUE

GLOUICK

ONZE

C'est New York, mes enfants. Ville cruelle mais belle, parfaitement représentative de l'humaine condition, alias, pour les existentialistes en herbe qui se trouveraient parmi vous, *la condition humaine*. Et chez nous, comment qu'on appelle ça demandes-tu vulgairement, Félicia ? Tu l'apprendras bien assez tôt, mon enfant, Dieu te bénisse. Ce nom de New York fut donné en l'honneur du duc d'York, lequel devint Jacques II, roi de Grande-Bretagne, monarque sot et bigot qui voulut réimposer le catholicisme à une nation fort contente de son protestantisme — c'était inévitable, il échoua ignominieusement. Non, Adrien, ce n'est plus une ville britannique : elle fait maintenant partie d'un vaste complexe libre ou d'une fédération d'États, soudés ensemble par une constitution aussi peu britannique que possible : rationnelle, francisée, assurément républicaine. Ces gens se révoltèrent contre le souverain britannique auquel ils avaient dû jusqu'alors allégeance et tribut. Non, Charles, celui-*ci* était un roi *protestant*, non moins bigot ni sot. Mais survolons la ville un peu plus bas :

qu'elles sont belles, Wilfrid, dans leur exaltation et dans l'aube de Manhattan, les tours, maintenant que nous avons atteint les couches inférieures de transparence, sous la calotte de brumes polluées ! On croirait quoi, dis-tu, Edwina ? La dentition ébréchée de quelque monstre monostomate ? C'est un point de vue, mon enfant.

Si nous sommes ici, sous l'égide des Voyages Éducatifs Organisés Chronos and Co, S.A., c'est pour retrouver notre poète. Admirable ville pour les poètes que celle-ci, bien qu'il en soit peu comme le nôtre. Nous voguons dans les airs, survolant un peu l'île, au nord du secteur centrurbain, plus près de l'Hudson que de l'East River. Notre homme est par ici. Oui, Morgana, il va nous falloir être légèrement *indiscrets* et forcer du regard les vitres toutes laiteuses d'aube de la 91e rue, ainsi qu'on la nomme (car c'est ici une ville rationnelle, *numérique*). Détourne les yeux, Félicia ; ce que font ces gens est strictement leur affaire. Là... oh, mon Dieu, mon Dieu... un jeune homme assassine sa compagne de lit dans un accès de nostalgie postcoïtale. Et ces deux hommes d'âge mûr... mais oui, ils *dansent*, bien qu'il soit un peu tôt pour cela, il me semble. Une jeune fille fatiguée avale un simulacre de petit déjeuner substantiel, assise à sa table de cuisine. Un homme en petite tenue épluche à travers des lunettes à verres bleus la rubrique nécrologique du *New York Times*. Voyez un peu dans quel état sordide est la chambre de ce jeune homme à mine d'étudiant : boîtes de conserves, bouteilles et piles désordonnées de magazines manifestement pornographiques. Ici, encore un meurtre, là, un cambriolage, et là encore — contorsions en tout genre sous prétexte de plaisir, Dieu nous vienne en aide.

Intéressant, ce lit circulaire. Le voyez-vous, ce lit rond, Félicia, Andréa ? Tout à fait insolite, cette rondeur. Et, sur la ronde couche, une dame filiforme dort. Elle est seule et paraît indiquer (si l'on admet que cette ligne est tangente au douze) l'heure exacte. Stupéfiant ! Dix heures moins huit, pour peu que les membres inférieurs figurent la petite aiguille. Mais *hic*. Et *nunc*. Regardez, regardez ! Il est retrouvé ! Faites cercle, mes enfants, et voyez. C'est lui, c'est M. Enderby, professeur temporaire, si l'on en croit les dires — oui, lui-même, en cette extrême extrémité tourmentée de ses jours, dormant nu, niché parmi des poufs. Laid, velu, gras ; hélas oui, il l'a toujours été. Le poste de télévision, qu'il n'écoute pas, débite les nouvelles matinales, toutes mauvaises. Il semble, mon Dieu mon Dieu, avoir été quelque peu incontinent dans son sommeil. Ah, les faiblesses des grands !

Et maintenant... surprise ! Oui, petite surprise pour vous. Une Noire, clé en main, pieuse d'aspect, mais laide d'allure, entre en se dandinant, voit notre homme, témoigne son dégoût, brandit sa clé en signe de sainte désapprobation devant cette nudité souillée. Mais chut ! Elle s'avance, regarde de plus près, palpe. Elle lève les bras pour exprimer une tout autre émotion, s'élance hors de la pièce, la bouche grande ouverte, d'où s'échappent des mots étranges. Nous savons donc maintenant à quoi nous en tenir, et c'est là une sorte de satisfaction, car *nunc dimittis* est bien le plus suave des cantiques. Pensez à nous dedans le port gagné, havre et céleste récompense. Que se lève en nous sa pâque, source d'aube pour nos ténèbres, rougeoyant signal à l'est.

Non, tout de même pas, peut-être exagéré-je ? Lui-même, il doit bien avoir écrit quelque chose qui ferait l'affaire ? Oui, Edmond ?

On n'en finit d'œuvrer qu'avec l'œuvre
finie,
Jamais avant, plus rarement encore après.
D'où vient qu'ici, très chers amis comme
ennemis,
Je débride mon rire à ce grain de sel
près.

Qu'avez-vous tous à ricaner comme des petits sots ? Voulez-vous cesser, je vous prie. Edmond, vous êtes l'enfant le plus doué et le plus idiot que je connaisse, avec votre irrévérence stupide et l'ineptie *parfaite* de vos mirlitonesques improvisations. Rira bien qui rira le dernier, quand je vous aurai ramené à la civilisation. C'est bon, c'est bon ; ça rime, je le sais, mais je ne l'ai pas fait exprès. Allez, oust, par ici la sortie ! C'est un nouvel épisode de l'humaine condition qui commence. La sortie. Comme pour *lui*, dites-vous, Andréa ? Parce que vous croyez que ça y est : il a tiré sa révérence ? Oh non, il est *dedans*, et pas près d'en sortir, ni plus ni moins que nous tous. Si vous vous figurez que pour s'en tirer il suffit seulement de... Non, je me refuse à dire quoi — c'est sans rapport aucun, absolument. Tirer sa révérence — par exemple ! Pas question du tout.

Rome, juillet 1973.

Achevé d'imprimer en avril 1996
sur les presses de l'Imprimerie Bussière
à Saint-Amand (Cher)

POCKET - 12, avenue d'Italie - 75627 Paris Cedex 13
Tél. : 44-16-05-00

— N° d'imp. 903. —
Dépôt légal : mai 1996.

Imprimé en France

Achevé d'imprimer en avril 1996
sur les presses de l'Imprimerie Bussière
à Saint-Amand (Cher)

POCKET - 12, avenue d'Italie - 75627 Paris Cedex 13
Tél. : [illegible]

— N° d'imp. [illegible] —
Dépôt légal : [illegible] 1996.
Imprimé en France